レジェンドノベルス

JN000570

リーが足りません

終末食べあるきガイドブック
魔物グルメ編 in 池袋

contents

レジェンドノベルス
LEGEND NOVELS

カロリーが足りません

終末食べあるきガイドブック
魔物グルメ編 in 池袋

1. ▶▶ 人類は滅びました٩(>◡<)۶

《スキル■■■■が解除されました》

*

「ハロー、クオヴァディス」

《ハローです御主人様٩(>◡<)۶》

呼びかけに応じて、携帯端末が元気良く挨拶を返してくる。

クオヴァディス——暇な時の話し相手や、困りごとの相談役、道に迷った時のナビゲーションなどなんでもござれの優秀なＡＩだ。

《今日の天気は晴れですがやや霧が濃いようです。……御用件はなんでしょう？》

「お腹《なか》が空いたんだ」

自宅にいればクッキング動画をリクエストしているところ。

だがあいにく、出先だから料理はできない。

「この池袋界隈《かいわい》で外食できるとこ探してよ」

《何を食べましょうか？》

「うーん安くてお腹いっぱい食べられる店ならなんでも」

《検索……徒歩一分圏内にあるラーメン屋さんはいかがですか〟〟》

端末に店舗の情報が表示される。

いいね。餃子《ギョーザ》が売りの大手チェーン店か。

定食メニューを頼めばお腹いっぱい食べても千円前後で済むな。

「……でもその店、本当にあると思う？」

《閉店したという情報はないようですよ。この先、十五メートル直進後交差点を左折です》

よし、歩きながら、着いたら何を頼むか考えるか。

少しこってりした物が食べたかったし、餃子定食とキクラゲの卵炒《いた》めを注文しようかな。

それと唐揚げも付けよう。

頼みすぎかもしれないがたまには豪勢にいきたい。

とにかく、空《す》きっ腹《ぱら》なのだ。

「しっかし物凄《ものすご》い霧だなー……ここら辺て乙女ロードだっけ」

《ですです》

携帯端末に表示された地図があるから辛《かろ》うじて現在地が分かる。

ただ、漂う濃い霧のせいでまるで見通しが利かない状況だった。

「大した距離じゃないだろうと思っていたが甘かったな」

地図上だとすぐ先にあるはずのスクランブル交差点が見えてこない。

代わりにこんもりと瓦礫《がれき》の山――倒壊したビルの一部が現れる。

《ここを直進です》

「登れと……？」

まあ急勾配だがなんとか登れないこともないか。

迂回《うかい》路くらい教えてくれてもいいのに融通の利かないやつだ。

「よいしょ……ったく……ご主人様に……無理させる……なよ……」

《運動不足なのでは？》

半ばヤケクソで登坂する。

息を切らしながらもなんとか瓦礫の丘を登りきると、ネクタイを緩めながら息をついた。

「いやあー……きっつ」

頂上から交差点一帯が見晴らせた。

記憶では、今朝まで交差点は人でごった返していたはずだ。

同世代のサラリーマンに足を踏まれてうんざりしたのを確かに覚えている。

だが今は誰もおらず、辺りはしんと静まり返っている。

そして漂う霧の切れ間から見えるのは――

ひび割れて草木の生えたアスファルトの地面。

錆《さび》だらけの、でも何故《なぜ》か赤信号の点滅した信号機。

横転した大型トレーラーの残骸。

崩れたビルが掲げる蔦《つた》の生えたアニメの巨大看板。

絶望的な景色と書いてまさに絶景だった。

「やっぱりこれ文明崩壊しちゃってる？」

きっと何十年か前に何かがこの都心一帯に起きたのだろう。

大震災か核ミサイルか宇宙人の襲来かそれ以外の厄災か、皆目見当もつかないが。

「よし……せっかくだし写真でも撮るか」

《ハイチーズv(゜_゜)v》

カシャッと携帯端末におさまったその景観は悪くない出来栄えだった。

ＳＮＳにアップしたらわりと話題になるだろうし、「いいね」をたくさんしてもらえるかもしれない。

勿論《もちろん》アップできたらの話だけども。

《画像をＳＮＳに投稿して皆さんと共有しましょう》

「じゃあ投稿」

《通信エラー……残念ながら現在は投稿ができません》

だと思った。

まあどうせできてもネット人口もゼロだから反応はないだろう。

ＳＮＳはもはや誰も呟《つぶや》かないし、「いいね」しない廃墟《はいきょ》と化している。

ワールドワイドウェブは、数十年前のある日を境に放置されたみたいにずっと更新が途絶えているようだ。

つか繋《つな》がる時点でおかしいんだけどね。

中継基地とかサーバーとか諸々《もろもろ》どうなってるの？

「はあ……まさかバイト中に世界が終わるとは思わなかったなあ」

僕は元社畜だ。

たびかさなる残業地獄《デスマーチ》によって死にかけて以降、会社を辞めてただひたすらマイペースに生きていくことに決めたはずだった。

それがまさかこんな事態になるとは。

仕事を辞めても生活費は稼がなくてはいけない。

食費光熱費水道料金アパートの家賃に通信費、その他諸々《たもろもろ》。貯金だけではとてもじゃないが生きてはいけない。

事の発端は、とあるアルバイトだった。

ネットで見つけた『昼寝だけで日当六万円×参加日数』という宣伝文句。

それはいわゆる治験バイトだった。

昼寝ができて生活費が稼げるならこんなに楽なことはない。

でもまさか「ちょっとした昼寝」で二十五年の歳月が過ぎてしまうとは——

「浦島太郎かリップ・ヴァン・ウィンクルだな」

それだけ長い年月が過ぎれば核戦争が起きたり、ゾンビウイルスが蔓延《まんえん》したり、宇宙人の侵略があったりしてもおかしくはない。
何が原因でこうなったのかは把握できていないが、眠っている間に「東京から人類が消えた」のは確かだった。

*

《目的地に到着しました》
「……ここがラーメン屋？」
《はい少なくとも地図上ではそうです》
霧を掻《か》い潜《くぐ》りようやく辿《たど》り着《つ》いたラーメン屋は——
壁には蔦が這《は》い、
ドアがあっただろう場所には何もなく、
薄暗い店内には客や店員の姿はない。
見上げれば辛うじて、本当に辛うじて、見覚えのあるチェーン店の看板らしき痕跡。
「どう見ても絶賛閉店中だな」
《ですね》
「はあ……まいったなあ、完全に舌が餃子定食になってるよ」
いや問題はそこじゃない。
この状況自体が問題なのだ。

「クオヴァディスさん、質問です」

《なんでしょうか》

「僕はこんな状況でどうやって生きればいいでしょう？」

寝て起きたら何十年も経過しており、
話し相手が携帯端末のＡＩだけで、
街の至る場所が廃墟と化しており、
餃子定食も唐揚げも、キクラゲの卵炒めも食べられない。

僕は常々『理想の死に方は孤独死』などと考えているような人間だ。

恋人も友人もいらない。

家族が欲しかったり子孫を残したいという願望もない。

だからこの世界から他人が、人類が消えようがどうでもいいと思っている。

けれど実際いなくなるのは正直困る話だ。

何故ならば人がいなければ社会が成立しない。

社会がなければ作り手も運び手も売り手も存在しない。

大好物のカップラーメンやスナック菓子、漫画や映画の存在が皆無となってしまうのだ。

《もしかして生存戦略《サバイバル・ストラテジ》をお求めですか？》

「……お求めです」

そう答えたのは、実際のところ問題解決をクオヴァディスに期待したわけではない。

ただ不安を紛らわすため、相槌《あいづち》を打ったに過ぎなかった。

ＡＩができる提案なんか動画のサジェストが精々だろう。

だが端末の画面が切り替わり、何かのアプリが起動した。


－－－－－－－－－－－－－－－－－－－－－－－－－－－－－－－

兵種：模範的な市民
状態：空腹、胃弱
余剰カロリー：2376kcal
消費カロリー：75kcal／h

－－－－－－－－－－－－－－－－－－－－－－－－－－－－－－－

スキル：

－－－－－－－－－－－－－－－－－－－－－－－－－－－－－－－

《それでは兵種を獲得して生存戦略を始めてください》

「なんだ……これ……？」

携帯端末がゲームのステータス画面みたいなものに切り替わった。

つまり、これはあれか。

異世界ものの定番であるところのステータスオープン的な展開というわけか。

ポイントを振り分けてスキルを獲得して危機的状況を乗り越えよう的な提案か。

「……さてはぶっ壊れたかな？」

《失敬な。自己診断での異常は検知されてません(｀・ω・´)》

「怒るなよ。冗談に冗談で返したんだよ」

最近のAIは高度すぎる。

多分、僕が好みそうなジョークのネタを推測して自動生成したのだろう。

ただこちらは本気で落ち込んでいるのだ。

TPOをわきまえてデリカシーの欠けた発言は控えてもらいたい。

「さて、嘆いても仕方ないし食べ物でも探してみるかな」

《話を聞いてください》

「ハイハイ聞いてる聞いてるよ。アドバイスさんきゅーな」

《むーっ(｀・ω・´)》

クオヴァディスを宥《なだ》めつつ、食欲の赴くまま半壊した硝子《ガラス》ドアを潜る。

腐っても元ラーメン屋。探せばきっと冷凍餃子くらい残っているはず。

「うわ……埃《ほこり》っぽいな」

客席の椅子に腰掛けようとしたが、クッションが風化してバネが剝《む》き出《だ》しになっていた。

カウンター付近の棚に週刊少年漫画雑誌が並んでいた。

「うわっ、あの漫画がついに最終回⁉」

まじか。

思わず手を伸ばしたが、ページが貼りついて開かないうえにインクが劣化してかすれている。

試行錯誤してみたが読めないので泣く泣く諦める。

《ここへは娯楽を求めにきたのでしょうか》

「いや」

《では食料を探しましょう》

クオヴァディスさんの言うことも尤《もっと》もだ。

最優先すべきは食料。

人がいないから、店がやってないからと、このまま飲まず食わずでいたら飢えて死ぬだけだ。

「何かあるとすれば厨房《ちゅうぼう》——……ん？　揺れてる？」

《地震でしょうか》

半壊したテーブル席の向こう側に目をやってぎょっとする。

埃で汚れた硝子窓越しに見える景色——霧で霞《かす》んだ街路を大きな何かが横切っていた。

「なんだ……あれ……？」

《犬のようです》

だが犬にしてはあまりにも巨大すぎた。

体長五メートル以上はある。

例えるなら象みたいな体格のゴールデンレトリバー。

《データベースを検索……地球上のどの犬にも該当しません》

「いや……そりゃそうだろ……デカすぎる……」

栗毛《くりげ》色の体毛が少なくぺっとりとしているおかげで、無駄のない筋肉がくっきりした躰《からだ》つきがよく観察できる。

戯《じゃ》れつかれただけで圧死できる。

《新種として学会に報告しましょう》

「学会とやらがまだ残ってればね」

カウンターの陰に隠れておっかなびっくり巨大犬の様子を窺《うかが》っていると――

更に別のものが現れた。

プロペラを背負った黒い郵便ポストたちだ。

テンポの狂ったオルゴール音楽を辺りに響かせながら中空を降りてくる。

「今度はなんだ？」

《どうやら小型無人飛行機《ドローン》のようです》

《アハハハハハハ!!》《キルユー!!　キルユー!!》《アハハハハハハ!!》《キルユー!!　キルユー!!》

何か物騒な英語を吐きながら巨大犬の周りを蠅《はえ》のように飛び回っている。

ガガガガガガガ!!!!　ガガガガガガガガガ!!!!　ガガガガガガガガガガ!!!!

「ひい」

唐突に凄《すさ》まじい炸裂《さくれつ》音と、火花が撒《ま》き散《ち》らされる。

ドローンがマシンガンらしきものをぶっ放し始めたのだ。

《攻撃対象はあの巨大犬のようですね》

「なんなんだよあのドローン……ヤバすぎるだろ」

前触れもなく巨大犬vs.ドローンの一戦が始まってしまった。

ドローン三機が散開して、伏せる巨大犬を取り囲むようにして《《《アハハハ!!!!》》》と乱射を続けている。

硝子窓を挟んだすぐ外で行われているため、流れ弾を喰《く》らう可能性もゼロではない。

巻き添えはご免だ。

ただただ恐怖を抱きながらカウンターに身を潜め続けた。

「ク、クオヴァディス、マナーモードな。絶対音出すなよ」

《(・×・)b》

何その顔文字。

可愛《かわい》くてちょっと腹が立つな。

《(ドローンが勝ちそうですね)》

「だな」

《(犬の方を大神／おおかみと名付けようと思うのですがいかがですか？)》

「名前とかどうでもいいよ！」

クオヴァディスさん、頼むからもう少し空気読んで。

確かに戦闘は一見ドローンたちが優勢だった。

反撃を許さない中空射撃によって、《《《アハハハ》》》とタコ殴り状態を続けている。

ただ巨大犬がピンチかと言えばそうでもなかった。

何故なら銃弾の雨に晒《さら》されながらも平然としているからだ。

それどころか退屈そうに欠伸《あくび》を噛《か》み殺《ころ》していた。

あれだけの銃弾を受けながら体表には傷ひとつ負っていない頑強っぷりだ。

「なんだ？」

ピリ。

ピリピリ。

巨大犬――大神の全身が仄《ほの》かに輝き始めた。

銃弾を浴びる度に次第に明るくなっていき、電気の筋のようなものを無数に散らせ始める。

そして臨界点に達した時、カッと稲光が起きた。

次の瞬間、目にしたのは繰り出された巨大な光の枝に突き刺される三体の郵便ポスト。

《《《ガガガガッデーム!!》》》

捨《す》て台詞《ぜりふ》を残しつつ全機が撃破。

後に残った黒焦げの機体はそのまま落下――破片を散らして動かなくなった。

「瞬殺かよ」

巨大犬は何事もなかったように毛づくろいを始め出した。

体毛か皮膚が恐ろしく硬いのか。他の理由があるのか。実弾を浴びるように受けていたはずだったが毛並みが乱れた程度の感覚しかないようだ。

それから足元に転がってきたドローンの残骸を見つけて転がし始める。

サイズだけを度外視するならその姿はまるでワンコだ。

「というか寛《くつろ》いでないでさっさといなくなってくれ」

このまま店の前に居座られると身動きとれないんでめちゃくちゃ迷惑です。

そう強く念じていたのが功を奏したのかもしれない。

しばらくすると地面にふんふんと鼻先を擦《こす》り付《つ》けて何かを嗅ぎ回るような行動を始め、さっと霧の向こうへと消えていった。

「はー……」

僕は自らに弛緩《しかん》するのを許可すると、その場にへたり込んだ。

いったい何がどうなってるんだ？

あの狂ったドローンはいったいなんなの？

何故、銃器を持っているの？

それを瞬く間に破壊したあの犬はいったいどういう犬種なの？

そもそも犬なの？

ありえないことだらけでまるで理解が追いつかない。

「この界隈にはあんな化け物がウヨウヨしているのか？　そのせいで人がいないのか？」

しばらく頭を抱えていると携帯端末がブルブルと震えた。

《(問題が解決したようですね。マナーモードの解除をお勧めします(・×・)b)》
「かなり問題だらけなんだけど？」
《ほほう、よろしければ私が御相談に乗りましょうか？》
あくまでマイペースな携帯ＡＩだ。
「駄目元で訊《き》くけど、この先、僕はどうすればいいと思う？」
《問題解決のため、生存戦略を起動しました》
端末画面にアプリケーションが展開される。
先程のゲームらしかったが、今回はステータス画面ではなく複数のアイコンが表示された。
《まずは兵種を選択してください》
《現在アンロックされている以下五種から選択できます》
アイコンには兵士らしきカートゥーン調のキャラクターが描かれている。
各々装いやポーズなどが違っており、名称らしきものも表示されていた。
砲兵
輜重《しちょう》兵
通信兵
衛生兵
少年斥候
大体どこでダウンロードしてきたんだよ、このゲーム。

「ゲームでもして落ち着けってこと？」

まあいいか。どんなゲームなのかは分からなかったが気晴らしに遊んでみよう。

確かにこの地獄のような池袋の街から少しだけ現実逃避したい気分だった。

＊

「クオヴァディスさん、質問」

《はい》

「この兵種っていわゆる、ＲＰＧにおける職業みたいなもの？」

《概《おおむ》ねその通りです》

つまりはキャラメイクから始めろってことだね。

《ゲームは御主人様の得意分野でしたよね？》

「好きだけど得意ではないぞ」

学生時代に国産大作ＲＰＧを嗜《たしな》んだ程度だ。

今は課金系アプリでログインボーナスを貰《もら》うか、実況動画を見るだけのポップコーンゲーマーと化している。

更に言えばミリタリー系にはまったく素養がない。

ＦＰＳ酔いするし、ＳＬＧは苦手だし、ずらっと並んだアイコンを見ても砲兵と輜重兵がどう違うのかさえ分からない知識レベルだ。

「ひとまず兵種のアイコンを吟味していくか」

まずは「砲兵」だ。

大砲に火をつけている兵士のアイコンだった。

片耳に人差し指を突っ込んでいる様子がちょっとユニークで、説明書きには「戦車で大砲をぶっ放したい人向け」とある。

次は「輜重兵」……しちょうへい？

読み方すら定かではないが、アイコンでは眼鏡の兵士が書類に「ＤＲＡＦＴ《徴兵》」と「ＦＩＲＥ《解雇》」の判を押しまくっている。

説明書きにも「ハンコを押すだけの退屈なお仕事です」とあったので、非戦闘員といった印象である。

それから「通信兵」。

これはラジコンか無線機のようなものを弄《いじ》って遊んでいる兵士のアイコンだ。

説明書きは「ハッキングからステルスマーケティングまで手広くカバー♪」……ってさっきから適当すぎるだろう。

もはや説明書きじゃなくてキャッチフレーズでしかない。

「衛生兵」は白衣姿で聴診器を手にしているアイコン。

いわゆる戦場のお医者さんらしいので役割としては回復系だろうか。

説明書きは「病気も怪我《けが》もノックアウト」。

そして最後のは「少年斥候」だ。

アイコンではスカーフを巻いたニコニコ顔が水筒を持って歩いており、説明書きには「初心者向き、アウトドアにどうぞ」とある。

「クオヴァディスさんのオススメは？」

《少年斥候《ボーイスカウト》です》

「でもそれって少年少女がキャンプとかハイキングとか野外活動するやつだろ」

軍人にはカウントされないのでは？

というかハズレくじの間違いでは？

《他に比べて強力なスキルはありませんがスキルコストが少なく済みます》

「ふーん、まあお任せでいいか」

どうせ気晴らしだ。

クソゲーだったら、止めればいいだけの話である。

《少年斥候を獲得しました》とアナウンスが流れる。

「……で、どうなるわけ？」

《基礎体力向上、小休止、野鳥観察を獲得しました》

兵種：少年斥候Lv1
状態：空腹

余剰カロリー：1927kcal
消費カロリー：80kcal／h

スキル：
基礎体力向上Lv1、小休止Lv1、野鳥観察Lv1

最初のステータスメニューに戻ってきたようだ。

兵種の欄が、模範的な市民から少年斥候に変更されている。

そしてスキル欄にはアナウンスにあった三つのスキル名が追記されていた。

ここから先の操作ができない。何度タップしても反応はなく、ゲームが開始される気配も一向にない。

「やっぱりクソゲー……？」

最初に兆候が顕《あら》われたのは画面外だった。

体調が何かおかしい。

「どう……なってる……？」

視界が急に晴れやかになり、周囲にあるものが鮮明に見えるようになったのだ。

それから全身を支配していた夜勤明けのような倦怠《けんたい》感が霧散したかと思うと、お腹の奥の方からエネルギーが漲《みなぎ》ってくる。

十時間以上熟睡した後で、お気に入りの音楽を聴きながらコーヒーを飲んでリラックスした後のような気分だった。
《今、取得したのは基礎スキルです》
「基礎スキル？」
《兵種は基礎スキルによって構成されておりLv《レベル》を上げて、強化可能です》
「…………」
まさかと思いつつ、恐る恐る人差し指を画面に近づける。
兵種のアイコンを軽くタップしてみた。
《少年斥候のLvが２に強化されました》
《基礎体力向上がLv２に、小休止がLv２に、野鳥観察がLv２になりました》
《害虫除《よ》けが解放《アンロック》されました》
「おお……？」
更に視界と思考がクリアになり、エナジードリンクをがぶ飲みしたような高揚感が訪れる。
身体《からだ》も羽のように軽く、最高にハイってやつだった。
「これがスキル？　何がどうなっているんだ？」
《スキルの説明を御所望ですか？》
「……ああ」
《どれを説明しますか？》

基礎体力向上は名前と実感からなんとなく分かる。

体調の良さの半分はきっとこいつのおかげだ。

「ええと……じゃあこのコーヒーカップみたいなアイコン？」

《小休止は脳内分泌物の調整によって精神安定、疲労軽減などをもたらします》

エナジードリンクはこいつの仕業だな。

確かに先程の襲撃で受けた緊張や不安がかなり軽減されていた。

「野鳥観察は？」

《視神経伝達に補正を行い、視力強化を促します》

「……そういえばさっきのアナウンスにあった害虫除けって何？」

《新しいスキルです。兵種Lvを上げていくとスキルが解放される機会を得ます》

「ふむ」

兵種の強化で基本スキルが強化されたり、新規のスキルが得られる機会があるんだな。

害虫除けか、名称から効果を連想し易《やす》いスキルではある。

表示されたスキルはカートゥーン調の蚊に斜線が入ったアイコンだ。

名前からして蚊や雀蜂《すずめばち》など危険な虫を遠ざけるスキルで間違いないだろう。

「このアイコンをタップすると害虫除けのスキルが取得できる？」

《はい》

「ポチと」

《害虫除けスキルを獲得しました》

「ふむ……目に見えた変化はないみたいだな」

《スキルの強化をお勧めします》

「害虫除けの強化？」

兵種だけでなくスキル単独での強化も可能らしい。

お勧めに従って、該当スキルのアイコンをタップしてみる。

《害虫除けがLv2になりました》

「害虫除けってことは、名称通り害のありそうな昆虫とかを追い払えるわけだよな」

店内を見回して壁の隅に巣を張った小さな緑色に発光する蜘蛛《くも》を見つける。

手のひらをさっとかざして試してみた。

すると嫌がるようにノロノロと移動して少しだけ距離をとった。

《更なる強化をお勧めします》

「もっと？」

何か起こるのかな。

緑の蜘蛛にそっと指先を近づけてみる。

すると今度は大きくはっきりと仰《の》け反《ぞ》るような動きで後退していく。

「はは……これは面白いな」

《害虫除けがLv３になりました》

《害虫除けがLv４になりました》
更に強化してみると、何もしていないのに蜘蛛が巣を伝ってカサカサと逃げるように天井へと移動してしまった。
強化によって効果範囲が広がったみたいだ。
どこまで強化できるのか興味があったので、ひたすらタップし続けてみる。
《害虫除けがLv５になりました》
《害虫除けがLv６になりました》
《害虫除けが……》
どんどん上がれどんどん上がれ。
あれ……？
急にアイコンに触れても反応しなくなったぞ？
《警告、カロリーが不足しています》
《これ以上は基礎代謝に支障がでます。中断／続行》
「よく分からないけど続行」
「！」が文字と文字の間についているアナウンスが表示されるがとりあえずスルー。
どうせゲームなわけだし詳細は後で確かめればいいさ。
《害虫除けがLv９になりました》
《害虫除けがLv10になりました》

「今度こそ反応しなくなった？」

つまりスキルの強化上限は「Lv10」が限界らしい。

「あ」

天井からポトリと蜘蛛が床に落ちてきた。

仰向けになってバタバタもがいている。これは間違いなく威力が増した結果だ。

脚の動きがどんどん鈍くなってきたので、摘んでぽいっと放ってみた。

途端に活発化してピューと外に逃げ出してしまった。

「実験とはいえ悪いことをしてしまったな」

《次のスキルからひとつだけアンロックする権限が与えられました。選択してください》

おや。

何か変化があったようだ。

*

害虫殺し
昆虫寄せ
猛獣除け
端末に未確認のアイコンが三種類現れた。
名称からして、害虫除けの「Lv」が上限に達した報酬と考えるのが妥当だろう。

「選べるのはひとつだけか」

害虫殺しは蚊に×印が付与されたアイコンだ。

名称とアイコンからすぐに害虫除けの強化版であることが窺えるが、殺虫剤を撒《ま》いたみたいに近づいてくる害虫が次々に死滅するのだろうか。

昆虫寄せは誘蛾灯《ゆうがとう》のアイコン。

害虫除けとは正反対の効果を持つスキルなのだろうが、取得した瞬間を想像するだけで身慄《みぶる》いしてくる。間違ってもタップしないようにしよう。

最後の猛獣除けは、害虫除けの亜種のようだ。

効果対象が獣になるようで、ゴキゲンな笑顔のクマに斜線が入っているアイコンが目印だ。

「二択……いやこれだろうな」

早速三種から目当てのスキルを選択しようとしたところで――

急に集中力が途切れて、うまく思考が働かなくなってきた。

おまけに寒気までしてくる。

「なんだ……風邪か？」

《警告、余剰カロリーがゼロになりました》

《基礎代謝に支障が出ています》

余剰？　基礎代謝？

害虫除けのレベルを上げている途中でも警告アナウンスが出ていたな。

《詳しくはステータス画面の状態欄を御確認ください》
「ふむ？」

兵種：少年斥候Lv2
状態：飢餓、低血糖症
余剰カロリー：0kcal
消費カロリー：94kcal／h

スキル：
基礎体力向上Lv2、小休止Lv2、野鳥観察Lv2、害虫除けLv10

「状態が飢餓？　なにこれ？」

《飢餓とは食糧不足による栄養失調です》

「いや知ってるよって……どうして飢えてるのか聞いてるんだけど？」

確かにお腹は空いていたよ。「こってりしたもの食べたい」ってラーメン屋に入ったけど飢死しかけるほどではなかったです。

いったいどうなってるんだ？

《御主人様はスキルの強化を繰り返した結果、大量のカロリーを失いました》

「カロリー？」

《生存戦略はカロリーを消費してスキルを強化するアプリです》

「なるほど」

代償もなくひたすらスキルを強化できるはずがない。

何か絡繰《からく》りがあるだろうとは思っていたけど、お腹が減ってくシステムなのね。

それ最初に言ってね？

《そろそろ死に至りますので、納得していないで食料を探しましょう》

「お、おう」

原因を作ったやつに急《せ》かされたくないのですが。

それ以上にワケ分からないまま死ぬのはもっと嫌なので、覚束《おぼつか》ない足取りで奥へと移動する。

「厨房なら何か置いてあるだろ……ラーメン……餃子……」

目ぼしいものがないか探してみることにした。

まずは手近な冷蔵庫だ。業務用のデカイやつだからきっと何か入っているはず。

「……うわ」

上段の冷凍庫を開けるとヒンヤリした空気が外に流れ出してくる。

何故か電気が通っているようだ。

だが冷凍餃子は時間の洗礼を受けて、干からびた成れの果てと化していた。

「仕方ない……」

下段の冷蔵庫も状況は同じだった。

ただドアポケットにあった使いかけの醬油《しょうゆ》のボトルは無事そうだ。

更に場所を変えて、戸棚などを漁《あさ》って小麦粉や調味料を見つけ出す。

「クオヴァディスさん、質問」

《なんでも聞いてください》

「この食材まだ使えると思う？」

《塩、砂糖、醬油、味噌《みそ》、調理酒も味さえ気にしなければ使用できます》

賞味期限は何十年も前に切れているが、見た感じ変色していない。

よし、きっと大丈夫だろう。

「小麦粉は？」

《適切な保管を行えば三十年以上持つと言われています》

環境が適切かどうかは知らないが食べることにした。

飢えて死ぬよりはマシだ。

「後は……未開封のミネラルウォーター二リットルがダースであるな」

《ペットボトルの水は高温多湿を避け未開封保管されていたので問題ありません》

「あ、でも賞味期限あるけど？」

《賞味期限は飲めなくなる期限ではなく、通気性のある容器から水が蒸発し、内容量が変わるため

に設けられた「期限」です》

「なるほど」

良かった。水は大事だ。

水道水は飲めないことが判明している。ドロドロした赤錆《あかさび》まみれの水がちょろっと出ただけで終わったから、頼れるのはこいつだけだ。

「よし」

クオヴァディスさんが物知りで助かった。

このAIにとってネットとカメラと集音マイクがとらえた情報だけが世界のすべてだ。時々癪《しゃく》に障ることを言ってくるけど気のいい相棒だ。

「見つかったもので何か作れる？」

《ガスコンロが使えれば幾つかのレシピを紹介できます》

「……駄目そうだな」

業務用ガスコンロのツマミをカチャカチャ回してみたが反応はない。

機械の老朽化が問題なのかガス自体が止まっているのかは不明だ。

電子レンジも試してみたが壊れているのか同じ状態だった。

「さて困ったな。これじゃあまともな料理は難しそうだぞ」

いい加減何か口にしないと。

寝起きの貧血状態を何倍もキツくした感じが続いていて正直立っているだけで辛《つら》くなってきた。

《御主人様》

「ん？」

《今の状況を解決するとっておきの呪文があります》

「呪文？」

《「お腹に入っちゃえばみんな一緒」です》

とどのつまりは生食しろと。小麦粉やら砂糖やらをありのまま口にぶち込めと。

確かに悠長に調理方法について考えている余裕がない。

だがＡＩに言われるまま原材料を口に放り込むのは人類としてどうなのか。

料理はできないまでも一手間かけてやりたくなってきた。

「人類の意地を見せてやる……まずは生地からだ」

《いったい何を？》

醤油とミネラルウォーターでガチガチに固まった砂糖を溶いた。

それをボウルに移した小麦粉にぶち込み、こねて生地にする。

こいつをまな板の上にのせ、麺棒で薄く伸ばして平べったくさせたものをひたすらつくった。

「次は餡《あん》」

肉も野菜もないので入れるのは味噌オンリーだ。

薄く伸ばした生地の真ん中に、スプーン小さじ一杯分だけのせて包む。

「仕上げにふちをひたすら小さく折ってひだをつくる……完成だ」

《それはなんですか？》

クオヴァディスには出来上がったものがなんなのか理解できていないようだ。

外見だけならば誰がどう見ても立派な料理になっているじゃないか。

「偽餃子です」

《人類はいつから生の皮に味噌を挟んだものを餃子と呼びますか？》

「ＡＩには分かるまい。見掛けだけでも似せるこの創意工夫」

《なるほど、人類は不合理な存在なのですね(、._.)》

クオヴァディスが憐《あわ》れむような視線を向けてくる。

かなり意識が朦朧《もうろう》としてきた。

いい加減遊んでいる場合ではないのだが、カウンター席まで移動して食べることにした。

「ではいただきまーす……」

合掌の後、餃子をつまむと小皿の胡椒《こしょう》と酢に浸した。

辣油《ラーユ》と醬油は使わない派だった。

「もぐもぐ……」

《お味はいかがですか？》

「素材本来の味がなんの加工もされずありのままの姿で主張してくる」

《要約すると？》

「めちゃくちゃ不味《まず》いです」

偽餃子と名付けたが、餃子とはかなり遠い食べ物だった。

例えるならカチコミだ。

雑巾に似た雑味を持った小麦粉が口のなかに殴り込みをかけてくる。それはザリザリした砂糖、醤油、酢などで武装し、止《とど》めに餡代わりの味噌を爆発させる。

噛《か》みしめるごとにカルチャーショックで目眩《めまい》が起きる食事は初めてだった。

「はあ最悪だ……ああ不味い……ああ不毛な味だ……」

ただ料理が下手で不味いだけならまだ良《い》い。火を通さず、味のバランスも考えず、適当に混ぜた食材を口にすることがここまで愚かな行為だとは思わなかった。これは悲しい不味さだ。

《人類は愚かですか？》

「うるさい」

文句を言いながらもとりあえず食べた。

何故なら食べないと死ぬからだ。

そして腹が減りすぎて案外食べられてしまうのが悲しかった。

*

《飢餓状態が解消されました～(*ᴗ*)～@》
嘆きながら食事を続けていると、携帯端末にステータス画面が現れた。

先程まで表示されていた飢餓と低血糖症の文字が消失している。

頭に血が回り、寒気もなくなってきたし、ひとまず危険は回避できたようだった。

「クオヴァディスさん、質問」

《はい》

一旦箸を置いて食事を中断する。

余裕がなかったので後回しにしていたが、さっきから納得できない現象がこの身に起きている。

スキルの発現、強化、それらによるカロリー消費などもそうだが、まず初歩的な疑問点から解決していくべきだろう。

「どうやって僕の健康状態を把握しているんだ？」

《体内のマイクロチップから情報を受信しています》

「マイクロチップ……ってそんなもの誰がいつの間に取り付けたんだよ」

《御主人様自身がです》

僕？

まったく身に覚えがないんだけど。

《治療臨床試験の際に服用されていました》

眠りに就く前に参加していた治験？

日当六万円×拘束日数という報酬で参加していたアルバイトについて思い出してみる。

「そういえば用途不明の錠剤を飲んだな」

《それですね〳〵》

携帯端末に送られてきた難解な専門用語だらけの説明書や同意書を読み飛ばしてサインしたのを覚えている。

開発中の風邪薬か胃腸薬程度にしか思ってなかったがマイクロチップだったのね。

とりあえず健康状態がクォヴァディスに筒抜けな理由は把握できた。

「じゃあ次の質問」

《なんなりと》

「スキルっていったいなんなの？」

《生存戦略を通して生成強化される技能です》

「いや……じゃあ例えばこの害虫除けはどういう原理でこうなる？」

偽餃子の残りを見つけた蟻《あり》たちがいつの間にかテーブルに群がっていた。

掌《てのひら》で払う仕草をするだけで、小さな黒い群れはわっと逃げてしまう。

ここが魔法やゲーム空間ではない現実世界であるならば、この現象にはそれなりの理屈がつくはずだった。

《汗腺から、昆虫が苦手とする刺激臭を含んだ汗を発生させることで起きます》

「なるほど」

人間にとっての汗の役割は体温調整のみだ。

フェロモンとしての機能も有しているって説を何かで読んだけどあくまで説だ。

汗腺から蜘蛛や蟻の嫌がる匂いを出せるなど聞いたこともない話だ。

何をどうすればこうなるのか。

「そもそもスキルを生み出せる生存戦略……ってなんなんだ？」

《モノリスが開発している次世代型健康管理プログラムです》

「健康管理ね」

モノリスは治療臨床試験を行った会社だ。

『人類の幸福に寄与する』と謳《うた》い、ＤＮＡからミサイルまで幅広く取り扱う世界企業である。

だが携帯端末とマイクロチップだけでスキル生成とかカロリー消化とか、オーバーテクノロジーすぎるのではないだろうか。

「というか絶対軍事目的だろ」

健康管理が目的だったら生存戦略なんて名前つけないと思うぞ。

第一、兵種とか言ってる時点でアウトだ。

「そもそも人体改造じゃないのかこれ？　害とかないだろうな？」

《申し訳ありませんが、これ以上は企業秘密です(・×・)》

「どういうこと？」

《生存戦略には情報漏洩《ろうえい》防止のプログラムが組まれています》

クオヴァディスは同意書にサインした時点で、それに縛られてしまったようだ。

《情報開示にはセキュリティクリアランスが必要です》

「……まあいいか」

とりあえずこれ以上、クオヴァディスを追及しても仕方ない。

サインしたのは僕の責任だし、何より深く考えると精神衛生上よろしくない。

「今は、お役立ちアプリって認識で十分だ」

残りの偽餃子をいっぺんに頬張ってみた。このジャリジャリニチャニチャは間違いなく人生最悪の食感だ。とりあえずもう二度と偽餃子は食べたくない。

そしてもう少しまともなものを口にしたい。

餃子定食などと贅沢《ぜいたく》は言わない。どこか探せばカップ麺とか缶詰くらいは残っているはずだ。

だがそれには、あのキルユードローンや大神がいるかもしれない池袋を歩き回る必要がある。

「カロリーを貯《た》めて、生存戦略とやらでスキルを強化しよう」

この先を生き残るために。

＊

【TIPS】
QuoVadis（クオヴァディス）：
明日の天気から今日の献立、百年前の出来事までなんでも教えてくれる携帯端末専用人工知能。ユーザーとの体験を通して成長していくため、端末ごとに個性が変化する。

2.▼▼ カロリーが足りません

《何処《どこ》へ行かれますか？》
「自宅」
《目的地をさいたま市の自宅に設定しました》
幸いクオヴァディスのナビがあったし、亀裂と雑草だらけだが道路も残っている。
慎重に移動すればきっと帰れるはずだ。
《御利用される交通機関を指定してください》
「タクシー呼んだって来ないだろうしバスも走ってはないよな」
この濃霧だし廃車が点在している道路状況で運転は無理そうだ。
まあＪＲも期待しない方がいいだろう。
「道すがら食料調達していこう」
《三十メートル先にコンビニエンスストアがあります》
「じゃあ行くか」
ラーメン店から出ると池袋の街は静まり返っていた。
先程までの騒動が嘘《うそ》みたいで逆に不気味だ。

視界は霧で遮られていたが見える限りでは怪物の姿はない。

車道を我が物顔で闊歩《かっぽ》していた数時間前の自分を愚かしく思う。よく死ななかったな。

「……そういえばあれをやるのを忘れてたな」

生存戦略を起動させる。

先程、解放可能になったスキルを選択しておこう。

害虫殺し
昆虫寄せ
猛獣除け
「このなかなら吟味するまでもないな」

《猛獣除けを獲得しました》

猛獣除けは獣全般に効果があるらしい。

これを習得していれば、万が一あの巨大犬――大神と遭遇しても逃げる手助けになるはずだ。

「できる限り強化してみるか」

《カロリーの不足している状態での強化はお勧めしません》

「むう」

確かに小腹が減っていた。

結局、偽餃子をかなりの量食べたのだが満腹には至らなかったのだ。

「クオヴァディスさん、質問」

《なんなりと》

「スキルの強化とか生成ってどれくらいカロリーが必要なの？」

《どちらも約三百キロカロリー、ショートケーキ一個分が必要です。但し少年斥候関連のスキルはその半分で済みます》

そういえば兵種を選ぶ際にそんな情報を聞いたな。

ショートケーキひとつでスキルが手に入るのはお手軽だ。

だがそれもお金を出せば好きなものが食べられる時代に限っての話だ。食糧難のこの状況ではハードルがそれなりに高い。

《そろそろ経由地に到着します》

「あれか」

しばらく、案内通り歩いていると霧の向こうに見慣れた電光看板が見えてくる。

かなり薄汚れているが緑の葉っぱがついたオレンジマークが目印のALWAYS《オールウェイズ》だ。

関東圏内ならわりとどこでも見かける全国チェーンのコンビニエンスストアだ。

お弁当や惣菜《そうざい》はあまりパッとしないけど変わり種のスイーツが並んでいたり、何故か時代劇とか幼児向けアニメとコラボ企画をやったりしてSNSで話題に上がる印象がある。

「当然ながら絶賛閉店中だな」

外から見る限り店の灯《あか》りはすでに切れており、近づいても誰かがいる気配がない。

観音開きのドアを押してみると、施錠されておらずあっさり開いた。

「どうもお邪魔しまーす」

《カロリーはどこだ|ω・))》

＊

「うわー……誰もいないコンビニってなんか新鮮だな」

午前中なのに店内は薄暗い。

人がいなくなって、いったいどれだけの月日が経《た》ったのだろう。

スタッフや通っていた客たちはいったいどこに消えたのか。

陳列棚を物色して回ってみると、どうにも並んでいる商品自体少なかった。

わずかに残っていた商品も時間の洗礼を受け、ほとんど使い物にならない。

「お金は払わなくてもいいよな？　非常事態だから仕方ないよな？」

《紙箱に入った石鹸《せっけん》などの生活用品はまだ使えそうです。プラスチック容器の整髪料とか洗剤系はアウトですね》

「クオヴァディスは冷静だなあ」

《(-.-)y-》

「さて食料は……」

《チルド系は当然のことながらパンも全滅のようですね》

陳列棚にはかつてのおにぎりや弁当、サンドイッチだったものが並んでいた。

どれも見る影もなく黒ずみ干からび別の何かに変貌している。

「ならばこっちの棚だ」

目当てはスナック菓子とカップ麺だ。

日持ちしそうだから大丈夫だろう、と高をくくっていたのだが――

「このカラフルな色彩はなに？」

《カビのようです》

開封してみると、どのスナック菓子も変色し悪臭を放っている。

カップ麺も似たような状態で食べられそうにもなかった。

某ヌードルは手に取った時点で、発泡スチロール容器がボロボロと崩れる始末だ。

「どいつもこいつも情けない。賞味期限なんかに負けるなよ」

《大好物のカップ麺は全滅みたいですね》

「畜生……食べられるものがここまでないとは思わなかった」

《缶詰ならいけるのでは、と進言してみます》

「それだ」

確かに缶詰なら保存食だからカビたり腐ったりせず安心して食べられるはず。

コンビニならおつまみ系を始めとして各種置いてあるはず。

「鯖《さば》缶、蟹《かに》缶、ツナ缶、蒲焼《かばやき》、蜜柑《みかん》、餡蜜《あんみつ》、どこだ？」

《見当たりませんね》

値札が残っているそれらしい棚を見つけるが、埃が積もっているだけだった。

這いつくばって棚の下も覗《のぞ》いてみるが、そこにも埃しか見えない。

「……いや試しに探してみるか」

《そんな場所に手を入れても》

「いやちょっと待て……何かある」

埃まみれになってようやく戦果があった。

『ツナの味わいノンオイル塩分無添加』百九十キロカロリーをひと缶見つけた。

贅沢を言えばノンオイルじゃなくて塩分たっぷりなのが良かったが、ないよりマシだ。

「とりあえずポッケにしまっておくか……後は」

冷蔵ケースは故障したらしく、開けたら常温だった。

異様に膨らんだ五百ミリリットル缶や、見るからに変色したペットボトル飲料ばかりが陳列されており、手に取る気にもなれなかった。

ミネラルウォーターだけは無事そうなので数本だけ貰っておく。

《これ以上はなさそうです》

「おいおい、コンビニに食料がないってけっこう絶望的な状況じゃないか？」

《まだバックヤードを見ていません》

「そうか在庫商品なら残っている可能性も――」

ガサゴソ。

「!?」

どこからか何かを漁るような物音がして、俄《にわ》かに緊張感に包まれた。

手にしていたセラミック包丁をゆっくりと持ち上げ、辺りに気を配る。

ラーメン屋から持ってきてよかった。

耳を澄ませると、物音はレジカウンターの更に奥――半開きになった従業員扉の向こうから聞こえていた。

「バックヤードの方だな」

《お店の方でしょうか?》

「どうかな」

人間なら大歓迎だけど怪物《クリーチャー》ならばかなり厄介だ。

在庫商品を見逃すのは惜しかったが、ここはあえて確認しないのが正解な気がする。

《虎穴に入らずんば虎子を得ずという言葉を御存知ですか?》

「好奇心は猫を殺すとも言うだろ」

《危ない橋も一度は渡れと言いますし》

「君子危うきに近寄らずだ」

《枝先に行かねば熟柿《じゅくし》は食えぬ。あと十はいけますがいかがですか?》

「なんでそんな詳しいの?」

《故事成語ことわざデジタル大辞典からの引用です》

「ズルいぞＡＩ」

《(￣3￣)～♪》

緊張感のない会話を交わしつつも物音の正体が気にならないわけではなかった。

実際もし家主か誰かなのであれば色々助かるのは確かだ。

世界がどうなっているのかとか色々教えてもらえるし、食べ物を分けてもらえるかもしれない。

「ちらっと見るだけだぞ？」

《慎重にお願いします》

足音を立てないように慎重に移動して、扉の向こうを覗《のぞ》き込《こ》んでみる。

横に延びた狭いバックヤードは暗く、なかなか見通すことはできない。

「クオヴァディス、ライト」

《ラジャーです》

携帯端末から灯りを送ると、物音の正体が現れた。

床に転がったカップ麺の段ボール箱を食い破って漁っている動物がいる。

なんというか大型犬みたいな獣だった。

犬にしては体表が青く、鬣《たてがみ》のようなくりくりの巻き毛が金色だ。

他にも隈取《くまど》りされた両眼、鋭い犬歯がのぞく大口など特徴的な顔つきをしており、小型のライオンに見えなくもなかった。

「お邪魔しました～」

《どうぞごゆっくり(・ㅂ・;)》
いずれにしてもハズレである。
そっと扉を閉めようとしたが、犬が突進してくる。
《来ます！》
「猛獣除けを――げふっ」
言いかけている途中で、カウンターの端から端へと突き飛ばされた。
「グルルルルル」
「ひい」
気がつくと兇悪《きょうあく》な面構えが迫っていた。
荒く臭い息。鼻先が今にも触れあいそうだ。
齧《かじ》りつかれそうな距離と勢いだったが、背中をぶつけた衝撃で落ちてきたコーヒーマシンが盾になってくれていた。
今のうちに起き上がって逃げなくてはいけない。
「猛じゅ――いや少年斥候、強化」
《少年斥候のLvが3になりました》
《基礎体力向上がLv3に、小休止がLv3に、野鳥観察がLv3になりました》
《ナイフ術が解放されました》
とっさの判断が吉を呼んだ。

今の状況におあつらえ向きなスキルが降ってきたようだ。

「それ取得&強化で」

《ナイフ術を獲得しました》

《ナイフ術がLv２になりました》

「バウッバウッ」

コーヒーマシンを靴底で蹴り上げるようにして、犬に押し付ける。

その間に立ち上がり、セラミック包丁を逆手に持ち替える。

犬の左眼《ひだりめ》に向けて突き立て——狙いが逸《そ》れて、頬を薙《な》いだ。

「身体が勝手に動く……⁉　もっと強化！」

《警告、カロリーが不足しています》

「続行！」

《ナイフ術がLv３になりました》

後先を考えてないわけじゃない。

でも状況的に、最善を尽くさなくては生き残れない。

新たに取り出したセラミック製のフルーツナイフを中空で回して逆手に持ち替え——

襲いかかってきた犬がとっさに身を引いた。

警戒して距離をとり、喉の奥を低く鳴らしながらバウバウと威嚇してくる。

《ナイフ術は刃渡り六センチメートル以下のナイフを軸にした動作が最適化されるスキルです》

「どういうこと？」

《戦闘用ではありませんので過信しないでください》

いや十分すぎる。

包丁の扱いが抜群に上達したうえに、身のこなしまで良くなっていた。

その証拠に、この十数秒で犬と渡り合えるようになっていた。

「だけどラチが明かないな。向こうが引く様子全然ないし」

《あの眼《め》は殺すと書いて殺《や》る眼です》

「噛まれたり引っかかれたりしたら怪我するよね？」

《感染症の危険もあります。かすり傷にも注意です》

一撃だって喰らえないじゃん。

だがこのままでは仕留めきれない。

ナイフ術を更に強化するか、決定的な隙を作る必要があった。

「ナイフ術を――」

《警告、カロリーが足りません》

《これ以上の強化は、低血糖症による失神を引き起こします》

「なら奥の手だ」

一か八かポケットからそれを取り出した。

できればこいつは使いたくなかった。

包丁の切っ先を浅く突き立て、くるりと半円を描く。

プルトップを持ち上げなくても簡単に蓋が外れるナイフ技術が素晴らしい。

手元にあるのは缶詰——先程手に入れた『ツナの味わいノンオイル塩分無添加』である。

《食べてカロリーを稼ぐつもりですか？》

「こうするんだよ」

ツナ缶を差し出すように持つと、犬がピクリと反応した。

仄かに漂うその香りを嗅ぎつけたのだろう。
二、三度スンスンと鼻をヒクつかせると口の端からダラダラと涎《よだれ》を垂らし始める。
「ほうらワンちゃんご飯ですよー？　美味《おい》しそうですねー？　食べたいですかー？」

「グルルルルル」

僕は缶詰をゆっくりと左右に動かし、犬の視線を十分に誘導した後——

半開きになった入口のドアから外に向かってぶん投げる。

「ならば取ってこい!!」

「バウバウ!!」

缶詰を追いかけて犬が走り出した。

今のうちにドアを閉め、近くにあった売り物の傘をドアの取っ手に差し込んで閂《かんぬき》代わりにすれば追い出し成功だ。

これでしばらくの安全は確保されたはずだ。

「ふっふっふっ、追い出し成功」

《ですが困りましたね》

「何が？」

《閉じ込められたままですよね？》

「なるほど後のことは考えてなかったわ」

《／(^o^)＼オワタ》

他に方法がなかったんだから仕方ないじゃないか。

駐車場では犬が美味しそうにツナ缶を貪っている。

バックヤードでカップ麺を貪っていたのも、襲いかかってきたのも飢えていたからに違いない。

犬も腹が減っているのだろう。

《あの犬は唐獅子《からじし》と命名します》

「唐獅子ってもしかして狛犬《こまいぬ》のこと？」

《そうとも呼びますね》

確かに神社の境内で見かける犬の石像に似た風変わりな見た目だ。

だが呑気《のんき》に呼び名を考えている暇はないぞ。

いつかは外に出なきゃいけないから、外の犬をなんとかしなくてはいけない。

「さて、これからどうするかなー……」

《更に餌を与えて手懐けるのはいかがですか》

「相手は猛獣だぞ」

動物に餌やったら懐くなんて生温《なまぬる》い考えが通用するのはフィクションだけだ。現実はツナ缶ひとつ与えたところで「もっと寄越せ、ないならお前が餌になれ」と殊更に襲われるのが落ちだ。

ましてや野生動物。調教には十分な時間と根気と餌がいるだろう。

「何か他の手を考えるしかないか」

《……おや？》

どこからともなくひび割れたメロディが聞こえてきた。

店の外――霧の向こうに黒い影が浮かび上がる。

「もしかして例のドローンじゃないか？」

《キルユードローンです》

現れたのはプロペラをつけた郵便ポスト――キルユードローンだった。

近辺を彷徨《さまよ》っている最中、さっきまでの騒動を聞きつけてきたのだろう。

最悪の状況だ。唐獅子一匹でも手を焼いているのに更に面倒なのが増えるなんて。

《マザファッカァァァァ！》

「バウッ!?」

《キルユー、キルユー、キルユー》

「バウッバウッ!!」

だが事態は思わぬ展開になった。

キルユードローンと唐獅子が遭遇するなり諍《いさか》い始めたのだ。

問答無用でマシンガンを掃射するドローン。

危なげなく全撃回避してみせる唐獅子――驚異的な素早さと反射神経による身のこなしだ。

「唐獅子vs.キルユードローンが始まっちゃったよ……？」

《これはむしろ都合がいいのでは？》

成り行き次第では両者ノックダウンの可能性もゼロではない。

カウンターに隠れたままハラハラしながら様子を窺うことになった。

《どちらが勝つと思いますか？》

「……多分キルユードローンだろうな」

何故ならあのスラングを連呼する郵便ポストには滞空&マシンガンという強力な武器がある。

一方で唐獅子は機動力に優れているものの、牙も爪も相手に届かない。手も足も出ない状況だ。

《案外、唐獅子もやり返してます》

「はあ？　なんだあれ？」

予想を覆し、唐獅子は有効打を与えていた。

ケンケンと吠《ほ》えると、その度に何故かキルユードローンがダメージを受けるのだ。

まるで見えない拳に小突かれでもしたかのようにガクンガクンと体勢を崩している。

《あの咆哮《ほうこう》……鯨のエコロケーションに似た性質があるのかもしれません》

「エコロケーション？」

尋ねると端末にザクザクと関連記事が表示される。

マッコウクジラの生態について？

世界一うるさい会話？

うーん面白そうではあるけどちょっとゆっくり読める状況じゃない。読むのは後回しだな。

「これは互角……か？」

《ドローンがじわじわ圧《お》し返していますね》

ラーメン屋で遭遇した巨大犬はマシンガン攻撃をものともしなかった。

だが唐獅子はそうではない。

一度攻撃を躱《かわ》し損ね、左前肢を引きずるようになった。

動きが鈍くなり、更に追撃を受けるという悪循環に陥っている。

《ヒヒヒヒヒット》

「ガフ……」

《ヒット、ヒット、ヒヒヒヒット》

「ガフッ……ヴ……ヴオオオッ!!」

唐獅子が血を吐きながらも力強い咆哮を放った。

《ファッ!?》ドローンは直撃を受け、破片を散らした。かなりの痛手を受けたらしく銃撃を止めてしばらくふらふらとしていた。

ここで追い込めばあるいは唐獅子が勝利していたかもしれない。だがすでに限界がきていたらしく痙攣《けいれん》する四肢を折った。

後はいいマトだった。

持ち直したキルユードローンの猛攻によって、唐獅子は蜂の巣になり、血溜《ちだ》まりをつくって横たわった。

《アイウィン、アイウィン、アアアイウィン》

音程の狂ったファンファーレを流し、勝利宣言するキルユードローン。

だがダメージは大きかったようで不安定に揺れているし、白い煙もあげていた。

更に言えば距離はそう遠くないし、こちらに背を向けている。

「今がチャンスだ」

《御主人様⁉》

「こいつを喰らえ‼」

僕はドアを蹴破ると、包丁を思い切り投擲《とうてき》した。

狙い通りとはいかないがプロペラに突き刺さった。

破片を散らしながら《ガ》墜落したキルユードローンを《ガ》サッカーボールのように思い切り蹴とばす。

《ガ》バウンドしながら壁にぶつかった。

ナイフをパーツの継ぎ目にねじ込んで《ガ》強引に解体《バラ》し、止めに露出した配線を《ガ》ズタズタに切断する。

《ガガガガッッ……テ……ム……》

それきりドローンは完全に沈黙した。

喋《しゃべ》りもしなければ音楽もならさず、ただ火花を散らしながらモーターだけを空回りさせている。

その後も念入りに破壊し尽くして機能を停止させてガラクタにしてやった。

*

「ふう……うまくいったな」

《ちょっと無謀だったのでは？》

クオヴァディスの言う通りやり過ごせば済む局面だった。

ただカウンターに隠れて震えているのに息苦しさを感じていたのだ。

考えよりも先に身体が動いていた。

結果、立っているのは僕だけになった。おかげでこの世界に感じていた窮屈さから少し解放された気がしたので良しとしたい。

「にしてもコンビニに立ち寄るだけで死にかけてるのは何故？」

《日本は治安が悪くなったようです》

「まったくだ――……うう……？」

緊張から解放されたせいか急に立《た》ち眩《くら》みが起きる。

慌ててその場にしゃがみ症状をやり過ごす。
《警告、余剰カロリーがゼロになりました》
《基礎代謝に支障が出ています》
「こうなるって予想はしてたけど……正直どうしろと？」
《何か食べてください》
ですか。よろよろと店内に戻って改めて探し回るが状況は変わらない。
缶詰の陳列棚の下にもう一度腕を入れるが空振りだった。
「見回して目につくのは……嫌な臭いのするカップ麺くらいか」
《毒カビラーメンです@_@》
「カロリーは得られるかもしれないが、間違いなく体調を崩すだろうな」
《どうするのですか》
「お湯を沸かして三分待つ」
《現代アートじみた配色のカビは口にすべきではないと進言します》
「……仕方がないだろ」
他に食べるものが砂糖と醬油くらいしかないのだ。
大丈夫。あのカビもちょっと風変わりな味の加薬とか香辛料だって割り切ればいけるはず。
よろよろとインスタント食品の棚に向かおうとすると――《ひらめきました》とクオヴァディスが告げてくる。

《どうせならもっと栄養価の高いものを食べましょう》

「そんなもの……店内のどこに……？」

《店内にはありません。ですがすぐに手に入れることが可能です》

「は？」

《駐車場を御覧ください》

クオヴァディスの言葉の意味が分からずにドアの外へと目を向ける。

そこにあるのは先程まで戦いを繰り広げていたドローンの残骸。

他にはアスファルトの上に血溜まりをつくり横たわる唐獅子。

ピクリとも動かなかったが瞼《まぶた》を開いたままこちらを向いていた。

「──ってあれは食べれないだろ？」

《何故ですか？　肉ではないのですか？》

「いや肉だけどもさ」

《肉とはタンパク質であり脂質であり即《すなわ》ちカロリーに他なりません。そしてカロリーは正義です》

「カロリーは正義……」

そんなパワーワード初めて聞いたよ。

唐獅子を改めて観察する。

その亡骸《なきがら》を改めて見ると大型犬並みのガタイの良さだ。

確かにあれは新鮮で、なかなか可食部分も多そうだが──

犬なんか食べられるのか？

そもそも犬なのか。

というか口にしていいものなのか？

「大体誰がどうやって捌《さば》くんだ？」

《レッツクッキング♪》

端末から某三分料理番組のＢＧＭが流れ始めた。

そしてサジェストされる野生動物解体の動画の数々。

《食べて供養という考え方もありますよ？》

「グイグイくるな」

グーグーと空腹を訴えてくる胃と、人生観とを秤《はかり》にかけて、悩みに悩んだ末——

「うーん……毒カビラーメンよかマシか」

僕はぐっと包丁を握りしめた。

幸い刃物の扱いはうまくなっているから動画を見れば捌けないこともなさそうだ。

もしかしてナイフ術を取得したのってこういうことだったのか？

＊

はーいどうも。

本日はコンビニエンスストアＡＬＷＡＹＳさんにお邪魔しております。

カウンターをキッチン代わりに、手に入れた食材を調理中です。

今回の食材は、はいどーん、このお肉。

下ろしたての唐獅子さんです。

さっきまで吠えたり飛びかかってきたりしていた獲《と》れたてですよー。

野生は生きるか死ぬか、食うか食われるか。

飽食の時代に生きた我々には忘れがちな世界の本質ですね。

で、今回はなんとＢＢＱ《バーベキュー》に挑戦してみました。

これまで一人牛丼、一人寿司《すし》、一人焼き肉とぼっち飯に挑戦してきましたが、一人ＢＢＱって初めてです。新境地開拓ですね。

ラーメン店から包丁の他に、使用可能なチャッカマンと炭を持ってきておいて助かりました。

網と串は惣菜コーナーからお借りしています。お店の方ありがとう。

そして味付けはなんと照り焼き。

実は瓶に入った蜂蜜を見つけました。蜂蜜は保存状態さえ整えば何千年も保つとか。

素晴らしいですね。

これにお醤油を混ぜて肉に絡めて、串焼きにしてみたものがこちらです。

「…………」

《食べないのですか？》

「まさか異形とはいえ犬を食べることになるなんてなあ……」

《食犬文化はアジア圏内には多く存在しています。大昔の日本でも盛んだったようですよ》

「この惨状を動物愛護団体が知ったら抗議がくるな」

《まだ存在していればですけどね》

基本こっちは犬をペットと認識している。だから似て非なるものであれ口にするのは非常に抵抗があった。

あったが仕方がない。

何故なら餓死したくないからだ。

腹が減っているからだ。

「いただきまーす、あぐっ」

よく焼けた串を一本取り上げて、恐る恐る齧りついた。

弾力のある、しっかりした歯ごたえの肉。

甘みのある香ばしいタレが肉汁と溶けあって口に広がっていく。

「うわ……あちっ……あちっ……」

勿論、血抜きが十分じゃないから臭みがひどいし、肉も筋張っていた。

それでも偽餃子なんかよりも遥《はる》かに美味《うま》い。

「…………」

《御主人様、泣いていますか？》

「否……！　断じて否……！　これは……心の涎《よだれ》だっ……！」

《自らの計略で仕留めた獲物ともなれば味もひとしおですね？》

「おい、えぐるような発言は控えろ」

《ただの冗談です》

「もしかして君は人間の負の感情で充電してるのかな？」

《御主人様の喜ぶ顔だけがエネルギーです、、》

ともあれＢＢＱは本当に美味かった。

きっと言いようのない罪悪感めいたものも香辛料となっているのだろう。

こういう時こそアルコールを入れるのがいいのかもしれない。

確か店の隅に角瓶が残っていたな。

「蒸留酒ならまだ飲めるはず」

《酔っ払って襲われたら即ゲームオーバーでは？》

「それもそうだな」

代わりにミネラルウォーターを飲みながら、肉を捌いては焼き、焼いては食べを繰り返した。

動画によれば素人が内臓系を捌くのはヤバイらしいのでそこだけは慎重に避ける。

とりあえずお腹壊さないよな……？

＊

「正直物足りないな」

というのが唐獅子ＢＢＱの感想だった。

何故なら銃弾を浴びていたせいで内臓が飛び散り、安全に可食できそうな部位がほとんどなかったからだ。

動画の見よう見まねで食中毒にはなりたくない。

「生存戦略、起動」

《承知しました》

兵種：少年斥候Lv3
状態：
余剰カロリー：3581kcal
消費カロリー：95kcal／h

スキル：
基礎体力向上Lv3、小休止Lv3、野鳥観察Lv3、害虫除けLv10、猛獣除けLv1、ナイフ術Lv3

「さて、この余剰カロリーっていうのがスキル強化に使える数値なんだよな？」

《その通りです》

現在値は３５８１キロカロリーとなっていた。

ＢＢＱのおかげでそれなりには余剰カロリーが溜《た》まったようだ。

何故、口に入れたばかりの食事がエネルギーに換算されるのかは疑問だ。

ただ深く考えると怖くなるので、その件について今は掘り下げない。

「余剰カロリーがゼロになるとどうなるんだ？」

《低血糖や飢餓の症状は経験済みかと存じます》

「……あれか」

そういえばすでに二度も体験していたな。

つい先程寒気がして目眩がして立っていられなくなったばかりだ。多分あの状態から何も食べないでいると餓死するのだろう。

だとすればゼロになるのは極力避けたい。

「なら強化できる回数は二十回程度だな」

問題はどれにカロリーを割り振るかだ。

手持ちのスキルは、少年斥候の基本スキル三つと猛獣除けに害虫除け、ナイフ術だ。

「ナイフ術は役に立つけど、猛獣除けはどうなんだろ」

先の戦闘を思い返すに、猛獣除けが機能したようには見えなかった。

その原因が単にレベル不足なら良いのだが、効果がないならカロリーを割り振りたくはない。

《効果はありました》

携帯端末に何かの動画が再生される。

唐獅子との遭遇場面だ。

唐獅子突進の際、わずかに躊躇《ちゅうちょ》して速度を緩めている。

動転していたから気づかなかったが、臭いを嫌がっているようだ。猛獣除けがなかったら骨折くらいしていたかもしれない。

ならばまず強化するのは猛獣除けとナイフ術か。

順当ではあるが面白みにかけるな。

しばらくどのスキルを強化すべきか悩んだが、ある出来事によって即決となった。

《外の様子を御覧ください》

「……うわ」

霧の向こうに四つ足の獣の影――唐獅子が二匹だ。

血の匂いにつられたのか吸い寄せられるように近づいてくる。

《どうしますか？》

「ええとナイフ術をありったけ強化」

《ありったけですか？》

「いや後で猛獣除けをふたつ上げるから三百だけ残そう」

《ナイフ術がLv４になりました》

《ナイフ術がLv５になりました》

《ナイフ術がLv6になりました》

《ナイフ術がLv7になりました》

ナイフ術によって身のこなしが変化していくのが分かった。

戦闘向きではないなんてとんでもない。

今ならどう闘えば唐獅子を確実に仕留められるのかさえ理解できていた。

《戦闘をしますか？》

「追いかけ回されるより迎え撃つ方が良い。……ああそうだ。今のうちに肉の残りと臓物を撒《ま》いて誘導する流れをつくっておこうか」

あいつらどうせ腹を空かせているだろうから、同類の肉でも喜んで食べるはず。

うまくバックヤードに誘《おび》き寄《よ》せて奇襲をかけよう。

狭く細い通路で身動きを封じ、闘えば勝ち目は大いにある。

襲いかかってきたタイミングで猛獣除けを強化すれば出鼻を挫《くじ》けるはず。二の足を踏んでいる隙にナイフで喉を突けば一撃だ。

前回はあたふたしてうまくいかなかったが、今度はうまく殺せそうだ。

なんでこんなにもやる気になっているかと言えば理由ははっきりしていた。

別に先程の戦闘でテンションが上がりっぱなしというわけでもなく、ＢＢＱソースを作るのに使用したウィスキーのせいでもない。

ひとえに食欲だ。

「正直、食べ足りなかったところなんだよね」

《…………》

ＢＢＱを食べてから食欲が止まらず、胃袋が更なるカロリーを求めていた。

僕は元々胃弱だったし少食だったはず。

「ちょっとした昼寝」から目を覚ましてから、何かが少しだけおかしい気もする。

準備を済ませバックヤードに息を潜めながら、思考していたがふいに中断させられた。

――グルルル。

ガラスの割れる音の後、うなり声が聞こえてきた。

唐獅子たちがやってきたようだ。

あちこちを嗅ぎ回る鼻息が近くなり、僕はナイフと包丁を握りしめた。

＊

【ＴＩＰＳ】

ナイフ術：

擬似神経可塑回路によって刃渡り六センチメートル以下のナイフをベースにした基礎技能（主に調理）を最適化させる。

エコロケーション（ネット記事　翻訳：クオヴァディス）：

マッコウクジラは破壊的な大音量のクリック音を発生させることで有名です。

彼らは雷鳴に似たこの音を用いることで人間には決して真似《まね》できない、非常に優れた技術を使います。

大量の魚を気絶させる「狩り」を行ったり、数千キロメートル離れた個体間での「会話」を行ったりするのです。

3.▶▶ 善良で幸福な社畜ですか？

「ハロー、クオヴァディス」
《ハローです御主人様٩(>ᴗ<)۶》
呼びかけに応じて、携帯端末が元気良く挨拶を返してくる。
《昨晩はよく眠れましたか？》
「なんかひどい夢を見たんだよね」
《どんな夢ですか？》
「寝過ごしたら二十五年経ってるんだ」
《ほほう》
「仕事で東京にいたんだけど人類が滅亡しちゃってさ」
《なるほど》
「代わりに化け物ばっかりいて、ドローンに追われるわ、でっかい犬に襲われるわ」
《それはそれは》
「…………」
それにしても僕は何故床なんかで眠っているのだろう。

ここはどこか。自宅のリビングでも廊下でもないようだ。

ぼんやりと見回して飛び込んできたのは割れた窓の外――中途半端に崩落したビル群だ。

《大変申し上げにくいのですがそれは現実です、、、》

「……二度寝しよう」

《なんの解決にもならないのでは？》

そういえば唐獅子と格闘した後、疲れてコンビニで一晩を過ごしたのだ。

再び床に転がってみたが、どうにも目が冴《さ》えてしまったので起き上がる。

《気分転換に朝食にされてはどうでしょう》

「じゃあなんか作って」

《手足下さい》

「生意気なＡＩめ」

何かないかと棚を漁ってみるとインスタントコーヒーを見つけた。

香りは大昔に死んでおり、水で溶いたものだったが味はする。

どういう味かというと、泥を水に溶かして薄めた惨めな味だ。

「あー……昨日やられた傷が痛い」

《自分で撒いた臓物に滑って転んで膝を擦りむいたんでしたっけ？》

「うるさい、名誉の負傷だ」

一匹は逃したし、もう一匹も辛勝といった感じだ。

だが嫌になるくらい唐獅子ＢＢＱを味わってカロリーも蓄積された。

これでまたスキルの強化を進められる。

「ただ欲を言えば新しいスキルが欲しいんだよなあ」

兵種を最大レベルまで強化した後でなら、新しいスキルを得られる。

ただそこまで駒を進めるほどリソースがあるかと言ったら微妙なところだ。

《未習得スキルを表示します》

「は？」

画面が切り替わり、見たことのない名称のアイコンが並んだ。

未習得スキル：
検閲校正、止血、ジャミング、浄水、
クリック音、火打ち石、神経毒、
蠟燭《ろうそく》、[redacted]

《現在習得可能なスキルは八種類です》
未習得スキルってこんなあったの？
難しく考えていた問題があっさりと解決してしまったではないか。
「こういうの最初の段階で教えといてほしかったんだけど……」

《操作中、気づける設計になっていたので説明していませんでした》

なるほど。

音声操作に任せっきりで要所要所しか画面を確認していなかったせいか。

「早速、吟味していくか」

名称だけで把握できるスキルもあるけど、意味不明なものもある。

アイコンを一通り選択して、説明書きを咀嚼《そしゃく》する。

「うーん……生活面で役に立ちそうなのは火打ち石と蠟燭かな」

火打ち石は指パッチンで火を起こし、蠟燭は掌から可燃性の汗を出せるようになるようだ。

ただどっちもライターや懐中電灯があるので必要ないかな。

《両方の能力を最大強化&併用すると小動物程度なら一瞬で灰にできます(*ºoº*)》

「……ほう」

《但し、使うごとに大量のカロリーを消費するようです》

「うーん、使えそうだけどカロリーが惜しい。それなら神経毒の方が」

そう思って説明書きを読む。

指先から任意で神経毒を含んだ体液を発生させるスキルらしい。

「但し使用には経口摂取したアルカロイドを蓄積させる必要あり。耐性:神経毒スキル保有者でなければ、麻痺《まひ》症状があらわれる」

前提条件にかなり難があるのでこれも却下だな。

「他に襲われた時に役に立つのは……やっぱり止血かな」

怪我はしたくない。けど万が一の可能性もある。

コンビニに行くだけで戦闘になるこの危険地帯を歩くには欠かせないスキルだろう。

《ドローン戦を考えるならジャミングもお勧めします》

「何ができるんだ？」

《敵レーダーの欺瞞《ぎまん》です……強化すればほぼ無力化できるようです》

「なんでもありだな」

キルユードローンには二度と会いたくないが、すでに二度も遭遇している。

遭遇頻度から考えても、ジャミングは最優先取得候補だな。

「逆になんの利益があるのか不明なものもあるな……」

検閲校正とクリック音だ。

検閲校正は「文書の誤字脱字や特定の語彙を瞬時にピックアップできる」というもの。

元の時代なら有益かもしれないけど、今の状況では使い勝手がない。

クリック音の「口蓋から鋭い破擦音《クリック》を発生させる」に至っては意味不明だ。

《すべてのスキルは最大レベルまで強化すると派生スキルあるいはよりグレードの高いスキルが得られるようになります》

「つまり役に立たなそうでも後々役に立つかもってこと？」

《ですです》

ということは一見無意味なこの二つのスキルも大器晩成型なのか。

役立たずを最強に育成するスキル錬金術には正直興味はある。

ただカロリーは潤沢ではない。

そのレベルに至るまで投資することは現状不可能なので、即戦力のみ採用するしかない。

「ところでクオヴァディスさん、このスキルは何？」

《です？》

さまざまなスキルに目移りしつつも、最も気になるのはやはり■■■■だ。

名称が黒塗りされたみたいなこのスキル。

アイコンもイラストがなく、説明書きも空っぽで確認ができない。

《どれですか？》

「いやこの■■■■だよ」

いや隅っこにあるじゃんか。

クオヴァディスがまるで認識できてないみたいな反応をするので、試しにアイコンをタップしてみる。

《どれですか……？？》

「これだけど……いや……何そのリアクション」

画面についた塵《ちり》とか傷かと思ったが間違いなくそこに表示されている。

だが何度タップしても獲得できる気配がないどころか反応すらない。そういえばクオヴァディスは取得できるスキルは八種類あるとか言っていた。

だがこれを含めると九つあることになる。

「どうなってんだこれ……」

怖くなってきたのでそれ以上、謎の■■■■については触れないことにした。

もしかしてこれバグ表示なのか。

生存戦略自体試作品であるらしいから、その可能性は捨てきれない。

取得できないものはできないのだろうし、気を取り直して強化作業を進めるか。

「うーんまずはこいつかな」

《ジャミングを獲得しました》

ジャミングは「任意」で妨害電波を発生させるスキルらしい。

試しに使用してみると指先にぼんやりした何かを微《かす》かに感じる。

「また遭遇したら嫌だからもう少し上げておくか」

《ジャミングがLv２になりました》

《ジャミングがLv３になりました》

《ジャミングがLv４になりました》

《ジャミングがLv５になりました》

「こんなものかな？」

《これだけ上げれば軍用ドローンに照準《ロックオン》されても解除が可能です》

十分通用するレベルだな。

もしまたキルユードローンに襲われた際、逃走の手助けにはなるはずだ。

そもそも「何故、軍用ドローンに通用するなどと分かるのか」という疑問については飲み込む。

モノリス社は違う意味でブラック企業だな。

さすがはＤＮＡからミサイルまでなんでも取り扱ってるだけはある。

「さて、あとはどのスキルを強化するかな」

《ところで消費カロリーには御注意ください》

「なんだっけそれ？」

《ステータス画面の四行目を御覧ください》

確かに「余剰カロリー」とは別に「消費カロリー」という項目がある。

数秒ごとに数字が増減しているが、基本的に90台前半をキープしていた。

「これなんだっけ？」

《基礎代謝を含めた毎時の消費カロリーを示しています》

基礎代謝？

害虫除けを強化しまくっていた際、警告メッセージに出てきた言葉だな。

《人間さんは何もしなくてもお腹が空きます。呼吸をしたり心臓や内臓を動かしているからです》

「生命維持に必要最低限のエネルギーってことか」

つまり一時間ごとにこれだけのカロリーが余剰から減るってことだ。

確かに寝る前は余剰が「6000キロカロリー」ほどあったはずが、現在は「5000キロカロリー」に減っていた。

常にこっちも計算に入れていないといけないようだ。

《人類は本当に不便ですね》

さりげなく人間ディスをするな。

生命維持こそが生物にとってのカロリーのそもそもの役割なのだ。

「余剰がゼロになっても放っておくと餓死《ゲームオーバー》か。人生儚《はかな》すぎだな」

《DEATH《デス》DEATH《デス》》

消費カロリーを考えると今以上にスキル強化には回せなくなる。

備蓄もないカツカツの現状では、その場を乗り切るのが精一杯だ。

「やっぱりこの先死なないためにも食料確保が最優先だ」

《ではカロリー探しを始めましょう^^》

*

「ええっと……こっちでいいんだよな？」

コンビニを出るとナビに従って再び池袋の街を歩き出した。

今日は霧が濃いようで十メートルくらいしか見渡すことができない。

「つかこの霧ってなんなん？」

《観測する限り湿度や温度に関係ないようです》

「明らかに異常ってことね」

極力建物の壁伝いに歩くように努めた。

こうすれば少なくとも片側は警戒しなくて済むからだ。

《近くにＡＬＷＡＹＳがもう一軒あります。百メートル直進した先です》

「昨日と同じチェーンだな」

都心の利点はコンビニが至近距離に乱立しているところだ。

前回はたまたまハズレだっただけで、梯子《はしご》すればある程度の物資は確保できると信じたい。

「カビてないカップラーメン食べたい」

《頑張ってください。あと五十メートル直進です》

「この先は交差点か」

何故か知らないが歩行者用信号機だけが生きていた。

勿論、走っている自動車は存在しないので直進し放題だ。

「この先は霧が濃いな……四方を警戒して進まなくちゃだ」

《こんにちはサピエンス》

「へ？」

見上げると歩行者用信号機の上に黒い塊が乗っていた。

喋る鴉《からす》にしては図体《ずうたい》が大きかった。

《こんにちはサピエンス》
「ど、どうも?」
《サピエンス、あなたは社畜ですか?》
黒塗りの小型郵便ポストのような図体で左右に細長い筒を身につけ、頭上にはプロペラが高速で回転している。
どう見てもキルユードローンだ。
「クオヴァディスさん……これ逃げた方がいいよね?」
《イエス、イエス(・Д・;!!;・Д・)》
問題は機体に備え付けられたマシンガンらしき筒だ。
このままの状況で背中を向ければキルユーキルユーされるのは確定事項だ。
《サピエンス、あなたは社畜ですか?》
「いや……もう違う」
言いかけている最中、ガチャリとおかしな音が聞こえた。
何かが装填されるような音——最高に嫌な予感がする。
《働かざる者には死を《ノーワーク・ノーライフ》——以上》
ひび割れたハレルヤのメロディが鳴り始め、ドローンが《アハハハハハハハハハハハハ》と素っ頓狂な笑い声を上げて上昇する。
《キルユー、キルユー、キルユー!》

「やばい。これは非常にマズイ」

《ジャミングを発動します》

「これで安全？」

《常に照準を外せるとは限りません、速やかな逃走をお勧めします》

ダダダダダダダダダダダダダダダダダダダーー!!!!!!

ダダダダダダダダダダダダダダダダダダダーー!!!!!!

ダダダダダダダダダダダダダダダダダダダーー!!!!!!

豪雨のような散弾銃がアスファルトに火花を咲かす。

死の追いかけっこが始まった。

背筋が凍るような思いだったが、かすりもしないで走り続けることができた。

出発前にジャミングを強化しておいて本当に良かった。

全力で横断歩道を渡りきると、霧の向こうに立ち並ぶ雑居ビルの通りが見えてくる。

《アハハハハハハ!!　アハハハハハハ!!　アハハハハハハ!!》

「逃げ込めそうな場所は？」

《手頃な路地があります》

このまま逃げ込むべきか？

だがもしドローンに見つかったら逃げ場はない。ジャミングがあっても袋小路《ふくろこうじ》では回避しきれないだろう。

なら走り続けるか？

多分それは無理。

持久走は苦手だ。すでに息が上がっており、これ以上走れば確実に追いつかれる。

「一か八か逃げ込む」

ちらりと振り返るとドローンは霧の向こうだ。

大腿筋《だいたいきん》に残されたありったけを振り絞り、歩道からビルの合間に入り込んだ。

行き止まりだった。だが雑草が生い茂り、ポリバケツと空の一斗缶が山のように積まれていたので身を隠すにはうってつけだ。

「つかAI同士なんだから宥めたりできたりしないの？」

《所詮BOT《ボット》です。言葉が通じるとは思えません》

BOTってSNSに自動投稿とかするあれ？

「違いがよく分からん」

《その発言はポリティカル・コレクトネスではありません(」|」)》

「は？」

《シンギュラリティどころかチューリングテストすら通過できない人工無脳と同列で語られるのは非常に不愉快です》

「うえっ、もしかして怒ってるの？」

《速やかな謝罪と訂正を要求します》

「分かった分かった。謝るよ、ごめん。謝るから静かにしてくれ」

《謝罪を受け入れましょう(┘┌)》

何故、怒ったのか正直把握しきれていない。

だがあのキルユードローンと同列に扱うような発言は避けよう。

「というわけで申し訳ないけどクオヴァディス、マナーモード」

《(┘×┘)》

携帯端末をポケットにしまい、なるべく呼吸を小さくするように努めた。

しばらくすると《キルユー、キルユー》という叫び声と乱射音が建物に近づいてきた。

こちらの姿を見失ったらしく付近を往復している。

前回はセラミック包丁の投擲で勝利したが過信は禁物だ。

ジャミングできるとは言えマシンガンを乱射する相手と正面からやり合うつもりはない。

頼むからこの路地に入り込んでくるなよ……と念じながらじっと身を縮めた。

＊

《キルユー》の声が遠くなってどれくらいが過ぎただろうか。

キルユードローンは諦めたらしく戻ってくる様子はなかった。

「クオヴァディス、マナーモード解除」

《ぷはー(-A-)-3-》

「はあ……死ぬかと思ったな。この辺りドローンが多すぎないか」

《タイミングよくジャミングを取得していて幸いでしたね》

「さて……目的のコンビニはこの雑居ビル街の通りだったよな？」

《この通り沿いです》

よし慎重にいこう。

食料品売り場はまだ他にもある。黒い郵便ポストがまだウロついているようならこのルートの探索は即放棄しても良い。

「うん？　コンビニが見えてきたけど……なんだか様子がおかしくね？」

《ええ(・・?)》

ALWAYSの目印である緑の葉っぱがついたオレンジの看板が煌々《こうこう》としている。

そして戸惑いながら店の前にやってくると自動ドアが勝手に開いた。

勿論、センサーが作動しているのだから自動開閉するのは当然だとも言える。だがそういう問題ではない。

おののきながら店に足を踏み入れる——

「店内が明るい」

《ですね》

無論それは照明のおかげだ。

天井に備え付けられた汚れひとつない蛍光灯が、太陽のように眩《まぶ》しかった。

「商品が置いてある」

《ですね》

陳列棚に目をやれば、色とりどりの商品が隙間なく整然と並べられていた。

どれも真新しい輝きを放っていた。埃が堆積していたり、包装用のパッケージが膨張していたり、プリントが色褪《いろあ》せたりしているものはひとつもない。

「これは……どういうことなんだ……？」

《(@_@)》

コンビニなのだから当然じゃないかなどと言わないでほしい。

クオヴァディスの見立てでは、この地域は少なくとも十年以上、人の手から離れていた。

実際、前回訪れたコンビニはほぼ廃屋といって差し支えのない有様《ありさま》だったではないか。

誰かが欠かさずに定期的に設備メンテナンス、清掃、商品の補充を行わないとこうはならない。

「いったい誰が管理を……？」

《サピエンス、あなたは社畜ですか？》

「ひい！　ジャミング！」

とっさに妨害スキルを繰り出していた。

声をかけてきたそれは駆動音を響かせるだけの状態に陥ったようだ。

「危なかった」

置物と化していたのでレジカウンターにいたそいつに気づかなかった。

ヘヴィアーマーと呼ぶべきだろうか。
潜水服じみた不恰好《ぶかっこう》な分厚い装甲で鎧《よろ》った、ゴリラのような体格の機械人形《ドロイド》だ。
ファイティングポーズをとった状態の頑強そうな拳には、明らかに銃器と見られる装備が備え付けてあった。
《サピエンス……ガガ……あなたは社畜ですか？　ガガ……？》
ゴリラアーマーはノイズ混じりに同じ言葉を繰り返してきた。
その声質は合成音声ながらも、重低音のデスヴォイスだった。
社畜ですか。その質問は先程、追いかけ回されたキルユードローンにもされたばかりだ。
「社畜社畜って、なんでそんなこと訊いてくるんだ？」
《御主人様がネクタイにワイシャツ姿だからでは？》
「いや元社畜だから」
《なら何故、その恰好《かっこう》を？》
「職質対策&私服が面倒だから」
《ガガ……社畜……了解……？》
ゴリラアーマーがこちらの言葉に反応してくる。
よく分からないが物騒な拳が下がった。敵意はなくなったようだ。
《ガガ……では……善良で幸福な社畜たる……ガガ……の民主左翼党のプレゼンをお願いします》
「民主……プレゼン？」

《そろそろ逃げた方が良いのでは？》

「いや……ギリギリまで逃げるつもりはない」

何故ならこのコンビニは真新しい商品が並んでいる。

まともな食料品――例えば腐っていないパンやカビていないカップラーメンだって販売しているはずだ。

「多分このゴリラが管理者なんだ。だとしたらこいつに取り入らないとこの店を利用できない」

強奪は無理だろう。

身にまとうヘヴィアーマーはどこを狙っても攻撃が通りそうにない。逆にあの剛腕や銃器で反撃されれば、木っ端みじんに吹き飛ぶ自信がある。

ならば残る手は懐柔だ。

情報を引き出して、ここを利用できる機会を窺う。

言葉は通じるが知能はドローン並みとみた。うまいこと誤魔化したり騙《だま》くらかしたりできる可能性もゼロではないはず。

食料の、カップ麺のためにも、絶対に突破口を開いてやる。

《善良で幸福な社畜たる……ガガ……民主左翼党の……提示をお願いします》

「クオヴァディスさん、言葉の意味分かる？」

《粗悪な翻訳ソフトを噛ませている可能性があります》

「憶測でいいから」

《身分証を求めているのかもしれません》

「身分証！」

慌てながらバックパックを漁って、運転免許証を取り出して見せる。

全国共通の身分証と言ったらこれしかない。ゴールドでおまけにマニュアルならバッチリだ。

《パードゥン？》だがゴリラは首を斜めに傾けた。

《「失礼ですがもう一回言ってください」と言っています》

「違うのか？」

《警告。薬物で……ガガ……洗脳済みの……畜たる……ガガ……身分証の……》

「うおお、なんかヤバいこと言い始めた？」

機械の剛腕が持ち上がり——ガチャリと何かが装塡される。

このままでは前回の二の舞だ。

僕は脳みそをフル回転させて正解のための手がかりを探す。

見せるべきは何だ。保険証、あるいはＡＬＷＡＹＳ系列のポイントカードか？

いや、問題はそこではない。

「キルユードローンやゴリラアーマーは、僕を『社畜』と誤訳される何かに所属していると勘違いしているのかも」

だとすれば付け入る隙はそこにある気がする。

具体的にどうすれば自分を社畜という枠に捩《ね》じり込めるのか、もう少しで分かる気がした。

「さっき遭遇したドローンが射撃前に言ってた言葉は……」

確か――

《ガガ……働かざる者《ノーワーク》には》

《御主人様！》

確信はなかった。

妄想の域を出ないデタラメな思いつきかもしれなかった。

今逃げなければこのまま挽肉《ひきにく》になる末路を迎えるかもしれない。

だがカップ麺を食べるには目の前のゴリラアーマーと立ち向かう必要があった。

しっかりと目の前にいるコンビニの支配者を見据えて、思いついたその言葉を口にする。

「どうかここで働かせてください！」

《なΣ(ﾟДﾟ|||)》

《…………》

結果、ゴリラアーマーによる虐殺タイムが始まることもなかった。

彼はその拳を振り上げたまま動かない。まるで哲学的な命題を思索するように俯《うつむ》いたまま固まっている。

そして――《一件のメールを受信しました》

クオヴァディスさんからのお知らせ。

端末画面を確認すると、そこには次のようなメールが届いていた。

差出人：ALWAYS池袋店　店長
宛先：社畜様
件名：労働契約書他

＊

「いらっしゃいませえ」

はい、というわけで今回はコンビニALWAYS池袋東口店さんにお邪魔しております。ご覧の通り素晴らしいお店です。床は隅々まで掃除が行き届いていてチリひとつないし、商品棚が空っぽなんてこともありません。

消費期限の切れた商品なんかひとつもありませんよ。

「おにぎり全品半額セールとなってまあっす」

《何故――》

レジに立ちながら店内に向かってとりあえず声を張り上げる。

お客様は一人もいないので宣伝する意味はない。

そもそもおにぎりが半額セールかどうかも知らないし、この店におにぎりが存在するかどうかも不明だ。

ただアルバイトとして雇用された以上、仕事に励まなくてはならなかった。

《何故、我々はコンビニのアルバイトに励んでいるのでしょうか？》

「採用されたからでは？」

とっさに出た一言からはトントン拍子だった。

履歴書の提出も面談もない。ただ送信されてきた電子契約書で労働契約を取り交わしただけで、このコンビニエンスストアの従業員として雇用されてしまった。

《御主人様があのドロイドと交渉するとは思いませんでした》

「自分でもこんな展開になるとは思わなかったけどね」

結果的にあの一言は正解だったらしい。

働かざる者には死を《ノーワーク・ノーライフ》。

キルユードローンが一度口にしたその言葉――あれが彼らにとっての正義であれば、殺されないようにする術はたったひとつしかない。

即ち「労働者」になることだ。

こちらの要求が通るかどうか――働かせてもらえるかどうかは賭けだったが、案外うまくいくものだ。

「ちなみにあのゴリラアーマー――もとい店長さんは？」

《ゴリさんは「清掃」とだけ告げ外へ行ってしまいましたね》

「うん……僕はいったい、何をすればいいんだろう」

新人アルバイトを放置するのはいかがなものか。

コンビニでの勤務経験はあるので一通りの業務はこなせるがOJTくらいしてほしい。
《労働契約書の業務内容には「接客・レジ」と記載があります》
「接客って……こないだろ客」
《さあ》
すでに一時間が経過しているが来訪者はゼロだ。
街は静まり返っており人の気配は一切なく時折、怪物の鳴き声が聞こえるだけだ。
「そういえばこれ働いたらお金貰えるんだよね。いくら？」
《契約書によれば時給は五十円となっております》
「……うん？」
《時給は五十円です》
「子供のお小遣いかな？」
駄菓子しか買えないんですけど？　都内の最低賃金どうなってるの？
「ていうか何時まで働けばいいわけ？」
《勤務時間は午後三時から午前九時まで、休憩は十秒とありますね》
拘束時間長すぎ！
というか休憩時間の単位間違ってない？
《ちなみに休日・公休に関する記述は見当たりませんでした。福利厚生もです》
「完全にブラックだろ。というか労働基準法が機能してないよ？　ねえ労働基準監督署の人、仕事してる？」

《存在していないのでは？》

「……こうなったら脱走するしかないな」

《契約を守れなかった場合はＩＤごと削除する、とあります》

「ＩＤ『を』じゃなくて『ごと』？　それ誤訳じゃないよね？」

《キルユーキルユー》という店長の重低音の声《デスヴォイス》が外から響いてくる。

ダダダダダダダダダダダダ!!!!!!

激しいマシンガン音がしばらく続いたかと思ったら何かの断末魔の悲鳴が響き、それから再び辺りが静まり返る。

「『清掃中』だっけ？」

《ですです》

「何ヲ綺麗《きれい》ニシテルノカナア？」

《逃げたら銃殺確定ＤＥＡＴＨね〜》

再び命の危機かもしれなかった。

だがまあ考えても仕方ない。

身分証《ＩＤ》なるものを与えられた以上、雇用契約に違反しない限り襲われはしないだろう。

「まずは店内をうろついて棚に置いてある商品を眺めようか」

＊

「さてカップ麺はどこにあるかな？」

目の前の商品棚には隙間なく生活用品や日用雑貨が陳列されていた。

但し馴染《なじ》みのあるデザインのパッケージはあまりなく、輸入雑貨のような見知らぬ商品だった。

それもなんの用途のものなのか不明なものが多い。

商品名称が英字、アラビア文字ならまだマシで、明らかに文字化けしてたり数字の羅列でしかないパッケージも幾つか見受けられた。

謎の注射剤《アンプル》とか用途不明の電子部品とかが多いのだけれど、これどういう購買層向けの商品なのだろう。

唯一食品らしきもの——個別包装された棒突きキャンディの袋詰を見つけた。「铼隆英芒郎貲」とあり解読不可能だったが、ブランコに乗った謎のキャラクターのイラストから察するに幼児向けだろう。

試してみると口内にほんのりとした苺味が広がった後——

「うげえ……なにこれ？」

《食べられる石鹸とあるようです。正気の沙汰ではありませんね》

慌ててミネラルウォーターで口をゆすいだ。

控えめに言って狂ってるぞこのコンビニ。

「これだけ品物が行き届いていて食べ物らしきものがまったくないんだけど？」

《どうかしています(-_-)》

一巡してみたがまずパンや弁当、チルド商品など日配棚が存在しなかった。

当然ながらカップ麺やレトルト食品、お菓子の類もない。

冷蔵ケースはあるものの、並んでいるのはミネラルウォーターの五百ミリリットルボトルだけというお粗末さ。

いや違うのもある。なんだこれ。ラベルにハイオクとかレギュラーとか書いてあるみたいだけど多分見間違いだろう。よし見なかったことにしよう。

《おや……これは缶詰ではないですか？》

「どこどこ？」

《左の棚です。ＬＩＧＨＴ《ライト》　ＭＥＡＴ《ミート》とラベルにあります》

棚の一角に、銀色の缶詰がひたすら積まれていた。

イラストも写真もないただ白いだけのラベル、そこにアルファベットでＬＩＧＨＴ　ＭＥＡＴとある。

軽いお肉――ツナなどに使用される言葉だ。食べ物で間違いないだろう。

「値段は一缶十円？」

《やりました。お手頃価格です(o≧∀≦o)》

「いや不安しかないのですが。原材料はなんの肉ですか？」

《さあ？》

「…………」

それにしてもさまざまな疑問が湧いてくる。

ここにある商品はどうやって補充されているのだろう。

廃棄発注陳列を行っているのがあのゴリラアーマー店長であることは間違いない。

だがその外側――商品を配送するドライバーや、出荷拠点、更に言えば商品を製造する工場の存在はどうなっているのか。

いったいどこで誰がそれを行っているのか？

＊

「……はっ」

考え事をしていたら、いつの間にかレジ台に突っ伏していた。

外は薄暗くて景色がよく見えない。五、六時間は眠っていたようだ。

「クオヴァディスさん、何か変わったことは？」

《そうですね、店長が一度目の前を往復したくらいでしょうか。燃料補給していました》

「いやそういう時は教えてくれ」

さすがに慌てる。

五体無事でいるところから察するにサボタージュに対しての処分はないようだ。咎《とが》めるどころかスルーされたとみていい。

寛容というよりは無関心なのか。

「いや……もしかして常駐しているだけでいいのか？」

《おそらく》

契約にある業務は接客とレジのみ。つまり客が来なければ仕事はない。

裏を返せば業務に支障を起こさず、就業規則に抵触しない範囲でなら何をしていても問題にならないのかも。

《働かざる者には死を《ノーワーク・ノーライフ》》じゃなかったの？

とりあえず形だけ働いていればそれでいいってこと？

「接客しなくて良いどころか眠っていても許されるなんて最高の職場じゃないですか」

《時給は五十円ですけどね》

「こうなったら食事だ。せっかくだから時給分のカロリーだけは補充しておこう」

睡眠が就業規則に抵触しない行為なら、食事も許されるはず。

コンビニアルバイト時代の経験でレジの要領は把握していた。ライトミートの缶詰を抱えて持ってくると、バーコードをスキャンして、ＭＯＮＯ《モノ》－ＭＯＮＥＹ《マネー》の電子決済で購入手続きを済ませる。

店のものを勝手に食べたら泥棒だけどこれで文句はないはずだ。

「缶の裏に内容表示があるな」

《カロリーが少ないですね。消費カロリーの補給程度にしか役に立ちませんɑ_ɑ》

「ちょっと原材料が気になるけど食べ物は食べ物だ。早速、頂こう」

缶詰の蓋を開けた。

ツナに似ていたが色は白い。むしろ解《ほぐ》した鶏ササミに似ていた。恐る恐る嗅いでみるがなんの匂いもしない。強いて言うなら仄かに水道水のようなカルキ臭があった。

プラスチックスプーンで少量をすくって舐《な》めてみる。仄かに塩の味がした。

異常はなさそうなので思い切って食べてみる。

《お味はいかがですか？》

「味気ない。パサパサしてて喉の通りも悪い。後味が消毒薬っぽい」

《お醤油をかければ食べられるのでは？》

「それな」

これだけ味が淡白なら、逆に色々味付けできそうだ。

醬油もいいけどせっかくだからカレー味とか新しい調味料が欲しいところだ。

「寝てる間に消費したカロリーくらいは補給できそうだな」

《定価十円ですから、時給で消費カロリー以上は稼げそうです》

ここにある缶詰は全部で三十缶程度か。しばらくの間は飢えが凌《しの》げそうだ。

「問題は仮に全部購入したらどうなるかだ」

《棚が空になりますね》

「そしたらどうなると思う？」
《追加で商品が補充されるのでは？》
「だよな。つまり発注が行われるわけだよな」
先程、バックヤードを見たら古い日付の商品がはじかれていた。改廃が行われているのだ。だとすれば発注業務も行われているとみて間違いない。
「もしそれをこちらでコントロールできれば」
《はっ……!? Σ(゜Д゜)》
「更に大量のライトミートが釣れるかもしれない」
《大量カロリーゲットのチャンスです٩(≧▽≦)۶》
「……ふーむ」
発注業務か。どうすれば行えるようになるんだろう？

＊

いよいよ退勤時刻が近づいてきた。

「清掃活動」から戻ってきた若干返り血を浴びているゴリラ店長がレジに近づいてくる。

《ガガ……》

労働契約を結んでいるとはいえ、いつ撃たれるかも分からない。

包丁に手を伸ばし、身体を沈めて警戒態勢に入った。

《ガガ……社畜……グッジョブ……グググッジョブ》

「なんて？」

《「お疲れ様でした」と言いたいのではないでしょうか》

口数少ないうえに、言語が独特すぎて伝わらないのだが。

もしかしてコンビニから出ていってもいいのか？

「それじゃあオツカレサマデシター？」

恐る恐る自動ドアに近づいて開けてみるが何も起きない。

レジカウンター前で待機状態に入るゴリラ店長。こちらの存在など忘れてしまったかのようだ。

それはそれで寂しいのだが、無事解放されることができた。

僕はとりあえず逃げるようにコンビニＡＬＷＡＹＳ池袋店を後にしたのだった。

＊

「コンビニ店員の肩書き……これは便利だな」

《ですね》

別に愛社精神に目覚めたわけではない。

おかげでキルユードローンに襲われないと判明したのだ。

コンビニから出た直後、例の職務質問《サピエンスは社畜ですか？》を受けたのだが、電子ＩＤを提示したら《グッジョブ》と言われスルーされた。

察するにキルユードローンはコンビニ周辺の警備を担っているようだ。

あいつらに無駄に追いかけ回される心配がなくなったのは非常に良いことだった。

「でもまさか働いてないだけで殺される時代が到来するとは思わなかったわ」

《ディストピアの到来ですね(^^)》

でも何よりのメリットは安全な拠点を得たことだった。

店長が「清掃」してくれるあの場所なら安心して仮眠がとれる。

これでミート缶が定期補充されることが確認できれば、最低限の衣食住を保障してくれる場所になる。しばらく利用しない手はないだろう。

「とりあえず次の出勤時間までにすべきことをしようか」

短い自由時間をフル活用して、生き残るための地盤を固めるのだ。

具体的にはまず池袋周辺の状況確認と食料確保をしておきたかった。

《何処へ行きますか？》

「池袋駅にしようか」

目的は鉄道が機能しているかどうかの確認だ。

十中八九、電車の運行はないと思っているが、万が一動いていれば帰宅は容易《たやす》い。

埼京線でさいたま市の自宅まで簡単に戻ることができる。

「……と思ったけど池袋駅は多分駄目だな」

《くーん(´･ω･`)》

遠目から見えてきた池袋駅が擁する巨大商業施設は半壊していた。

まるで踏みつぶされたように、あるいは作りかけのレゴブロックのビルのように五階辺りから上が存在していなかった。おまけに壁は蔦が生え放題になっており、確実に十年以上は放棄されている感があった。

これでは埼京線どころか私鉄を含めた全線が運行していないだろう。

実際ロータリーに辿り着いてみたが、駅舎入口は瓦礫に埋もれて入場すらできなかった。

《地下から駅舎に入れるルートを御案内しますか?》

「電車が動いてなきゃ意味ないだろ?」

《地下鉄《メトロ》は災害などに強いと言われているそうですよ》

クオヴァディスがどこかで拾ってきた記事を表示してくる。

ふむふむ『地震時には周辺の地盤と一緒に動くので崩れにくく、地上の火災時には延焼することや煙が入り込む危険が少ない』ね。

「……とりあえず行って確認してみるか」

万が一地下鉄が動いていれば迂回する羽目になるが、徒歩ルートで帰宅するよりは安全で時間もかからない。

いや運行していなくても駅員がいてくれさえすればいい。

少なくともこの難儀な状況から抜け出す手助けになるはず。

《地下出入口に到着しました》

「…………」

辿り着いた地下出入口、確かにそこは焼け跡もなく崩壊もしていなかった。

だがある意味で更に難易度の高そうな状況に仕上がっている。

何故なら、地下へ続く階段は瓦礫とは別なもので出入口が塞がれていた。

それは幾重にも張り巡らされた、見るからに粘着質な白い縄だ。

「うへえ、何この蜘蛛《くも》の巣《す》みたいなの」

《進みますか？　ＹＥＳ／ＮＯ》

「冗談だろ？　これ降りたら間違いなく化け物がいるパターンじゃんか！」

地下への階段に蔓延《はびこ》ったあの白いネバネバ――縄張りを誇示するためのマーキングか、他者の侵入を拒むためのバリケードかは知らないが、何かの怪物《クリーチャー》の仕業で間違いない。

無理に降りても確実に、ロクな展開にならないだろう。

《ですがこの先に缶詰専門店があるようです》

「缶詰だと⁉」

端末にすすっと表示されたのは地図情報だった。

確かに階段を進んだ先に、ファーマーズマーケットという地下商業施設があるようだ。

その一角にある店舗にマーカーがついている。

缶詰専門輸入雑貨店、ピーター叔父さんの缶詰工房とあった。

《ライトミートでは物足りないと思ったので調べてみました》

「いや非常にありがたくはあるんだけどさ」

確かに食料確保は最優先事項だけどさ。

確かに蜜柑とか餡蜜とか甘いもの大好物だけどさ。

「ここ進んだら絶対怪物と遭遇するよね？」

《なら道路を挟んで向かいにある地下出入口にしましょう。より近道です》

「どうあっても地下に行かせたがってるだろ？」

《行く行かないは御主人様次第ですが、これだけは言わせてください》

「なんだよ」

《カロリーは正義です（ＡＩ）》

鬼畜ＡＩめ。

僕は端末の店舗情報を改めて確認してみた。

『ピーター叔父さんの缶詰工房。世界中から三百種類以上取り寄せた缶詰専門の輸入雑貨チェーン。ここでしか手に入らない一缶五千円の高級鯖缶が大人気。お見舞いや贈答品に是非！』。

「ごくり……一缶五千円の高級鯖缶」

思わず喉が鳴った。

渋々、ナビに誘導されて放置自動車の並んだ道路を横切った。

到着した地下出入口を覗き込んでみる。

こちらの階段もやはり白いネバネバが張り巡らされていたが、先程のような厳重なマーキングではない。容易く通り抜けできる程度には道が開かれていた。
《どうしますか？》
「缶詰が……いやでも危険……ああもう……畜生!!」
《生存戦略を起動しました》

兵種：少年斥候Lv3
状態：
余剰カロリー：6260kcal
消費カロリー：113kcal／h

スキル：
基礎体力向上Lv3、小休止Lv3、野鳥観察Lv3、
害虫除けLv10、猛獣除けLv3、ナイフ術Lv7、
ジャミングLv5

余剰カロリーはかなりある。
今ならスキルを鍛え放題だし、何もしなければ後二日は体力が続く見積もりだ。
ただ、だからこそ余力のあるうちにできることはしておきたい。

《地下施設を御案内しますか？》
「食料調達がてら地下鉄がどうなってるか確認する。但し最短ルートだからな？　頼むからな？」
《お任せあれ。バイトの出勤時間までには間に合うようにしますd(￣ー￣)》
正直不安しかなかった。

＊

はい、というわけで地下出入口を降りることになりました。
粘つく靴裏の感触がかなり不快です。
この天井とか壁にへばりついてる白いものの正体はなんなのでしょうか。
「ふう……なんとか階段を降りきったぞ」
《地下に入っただけでやりきった感を出されてもɑ(^_^;)》
地下通路はひんやりとじめついており、独特のすえた臭いに満ちていた。
駅舎は潰れていたが、地下構内は見る限り崩壊していなかった。
ただ人がいた時代とは明らかに異なり、天井の灯りはなく真っ暗だ。
「何も見えない……」
携帯端末のライト機能を使用して歩き出すが、ほとんど先が見えない。
出直して懐中電灯を手に入れることも考えたが、現在地と商業施設の距離は遠くない。
缶詰の回収に徹するだけなら難しくなさそうだった。

「えぇっと……どっちだろ？」

《御主人様は地図が苦手な社畜なんですね＞ - ＞》

「池袋駅は分かりにくいんだよ」

構造の複雑さもさることながら名称が紛らわしすぎる。

何故、東口にある百貨店に西の文字が入ってたり、西口に北口と南口があるのか。

それでも新宿駅や東京駅に比べたらまだマシだというから都心は恐ろしい。

《このまま十五メートル直進です*ヾ(^o^)/*》

「もうこれ完全にダンジョンだろ……灯りだけじゃなくて武器が欲しいぞ」

愛用のセラミック包丁だけでは正直心許《こころもと》ない。

現状ナイフ術という攻撃手段はあるが、決定打に欠けるうえに反撃を受ける危険が大きいのだ。

せめて槍《やり》のように距離のとれる武器が欲しかった。

靴音を響かせないよう注意しながら一歩ずつ暗がりを進んだ。

そしてなんとか分岐路まで辿り着く。

「……ん？」

ふと左を向くと、遠くの方にぼんやりと赤い灯りが見えてきた。

火災報知器のようだ。

暗闇の奥で赤くぼんやりと光るランプはかなり不気味だ。

「昔、近所の廃墟を探検して遊んだけどここまでハードじゃなかった」

《ALWAYS池袋店は電気設備が稼働していましたね》
「ラーメン店の業務用冷蔵庫もな……何故かは知らないけど電気が通ってるんだな」
《この先、右に進むと商業施設に入ります》
硝子の割れた自動ドアを潜《くぐ》り抜《ぬ》けると、なんとか地下商業施設——ファーマーズマーケットに到着した。
構造的に言うと、ここは駅舎に併設された百貨店の地下に当たるようだ。
「目的の店はどこだ？」
《ピーター叔父さんの缶詰工房はこの先ですね》
「了解。鯖缶も良いけどコンビーフが食べたい」
《ヤキトリ-○-@○@○-も美味ですよ》
「……ここか」
幾つもあるテナントの一角に、目的の店を見つけた。
工房を模した店構えで、木製ワークベンチ風のカウンターが特徴的だ。
さほど、スペースは広くなかったが陳列棚が隙間なく配置されている。世界から三百種以上の缶詰を集めた、という謳《うた》い文句《もんく》はあながち嘘ではないようだが——
「肝心の商品、どこにも見当たらないんだけど？」
《申し訳ありませんm(_ _)m》
マジか。

十分すぎるほどに商品を陳列できそうな棚には、残念なことに何も並んでいない。
どこも空っぽで埃が溜まっているだけだ。
「探そう。骨折り損だけはご免だ」
焦る気持ちを抑えながら棚周辺を漁ろうとして――グシャッ。
「うへっ⁉」
《(゜ロ゜)》
うっかり何かを踏んづけてしまった。
恐る恐るライトを照らすとそこには、棚にもたれる人の姿があった。
まさかこんな場所に誰かいるとは思わなかった。
思い切り踏んづけてしまい、かなり嫌な音がした気がする。
「だ、大丈夫ですか？」
だが相手は顔を上げようともしない。
痛がって声も出ないのか、あるいは痛みを堪えているのか動こうとしない。
脚が折れたのか。
慌ててライトでその顔を照らし――
眼窩《がんか》がくぼみ、皮と骨だけになった容貌がそこにあった。
悲鳴を上げそうになる。頑張って飲み込んだのは我ながら偉かったと思う。
《返事がありません。しかばねのようです》

「おい」

《彼がピーター叔父さんなのでしょうか?》

「それはただの店名だ。恐らく缶詰の発明家の名前から拝借しているだけの」

《では誰でしょう?》

それが問題だ。遺体は中肉中背の男性だった。

衣類には埃が積もり、その量からして死後数年以上は経過していそうだった。

その装いは灰色の迷彩柄コート、同じ柄のヘルメット、ゴツい黒色の編み上げのブーツ。

どうにも一般人のそれと明らかに異なっていた。

「まるで軍人みたいだな」

《床にバッグが置いてあります》

言われるまでもなく気づいていたが、実用性の高そうなバックパックが転がっていた。

ピーターさん(仮)の遺品——彼の荷物だろう。

合掌を済ませた後、中身を確認してみるが財布や身分証の類などは出てこなかった。

代わりに出てきたのは缶詰だ。それもザクザクと全部で二十四缶。

どの缶のラベルにもサバらしきイラストがあり思わず喉が鳴る。

「きっと鯖缶だな」

《高級カロリーですね♪ どうしますか?》

「どうしますかって……」

試しに生存欲求と倫理観とを戦わせてみる。

秒で前者が圧勝した。

「頂いておこう」

背に腹は代えられない。持ち主のピーターさんには悪いけど食料は生きている人間に譲ってもらおう。

それにこの鯖缶たちは元々、この店の棚に並んでいたもののはず。

《御主人様、缶詰だけではなく衣類なども持ち帰ることをお勧めします》

「いやお前……それはさすがにやりすぎじゃないか」

死人の持ち物を一切合切持っていくとか、どこまで阿漕《あこぎ》なんだよ。

第一、衣類くらい探せばどこででも手に入るだろ。

《迷彩コートは市街地で身を潜めるのに非常に適しています。また底の厚いブーツは瓦礫などが歩き易くなるでしょう》

「…………」

《悩む必要がありますか？》

確かに悪い提案ではなかった。

悪くはないが、死んだ人間の衣類を剝いだり、それを身につけたりする行為には抵抗があった。

まだ終末じみたこの状況に馴染み切れていない自分がいるのだ。

盗《と》るべきか否か悩んでいると——更に試される状況が待っていた。

《足元を御覧ください》
「なんだこれ？」
何か黒いものが落ちている。
手に取ってみるとずっしりと重くゴツゴツとした手触りだった。
それはちょっとした道具だ。とても有名でドラマなどではよく見かけるが、現物を触るのは初めてだった。引き金を引くだけで命を奪えるウルトラバイオレンスなアイテム。
《予期せず拳銃が手に入りましたね》
「手に入りましたね、って簡単に言うけどさ」
《武器を欲しがっていましたよね。大収穫です(￣▽￣)ｷｯﾀｰ》
「クオヴァディスさん、さっきから倫理観ゼロすぎてちょっと怖いんだけど？」
いや確かに離れた場所から攻撃できる武器が欲しかった。そして目の前にあるのはその理想形だ。自衛手段としては最適だろう。
だが実際に使う使わないは話が別だ。
「これで人殺せるんだぞ。暴発とかしちゃうかもしれないんだぞ？」
《抜き身の包丁を持って歩いている人が、それを言っても説得力ないと思います》
「というか、なんで日本にこんなものが転がってるんだよ」
《眠っている間に、拳銃所持が合法化されたのかもしれません》
コンビニ店長も、キルユードローンも銃火器で武装してるもんな。

最近色んなことが起きすぎて常識的な感覚がどんどん狂ってきている気がする。

いや環境に染まりつつあるのか。

状況にあたふたしていたが、ふと何か不穏なものを感じて我に返る。

「ちょっと待て……この銃はピーターさんのものだよな？」

《状況からして間違いありません》

「この人なんで死んでるんだ？　缶詰をここに取りに来た途中だろ？」

《缶切りがなくて飢え死にしたから》

「不謹慎な大喜利を始めるな」

遺体を照らしてじっと観察しているとそれらしい手がかり——コートの首周りに血痕のような染み——を見つける。

恐る恐る上着を脱がせてみると、ピーターさんのひからびた喉元に直径一センチ大の穴があった。見ているだけで苦しくなってくる痛ましい傷跡だ。

「これが死因か……？」

《他に刺傷箇所はなし……これは刃物ではなく太い針のようです》

「傷跡の割に血痕が異様に少ないな。これだけの深い傷を負ったら、もう少し血が噴き出るもんじゃないの？」

《ふむ……右手の人差し指を御覧ください》

クオヴァディスが何を言いたいのかは見てすぐに察した。

ピーターさんのグローブをはめた指がトリガーを引く形状のまま固まっている。
これだけお膳立てされればここでいったい何が起きたのか想像に難くない。
「つまりピーターさんはここで誰かと戦闘になって殺害されたんだな」
《この場合『誰か』ではなく『なにか』という表現が正解かもしれません》
「『なにか』ってなんだよ」
《針のようなもので人を刺して血や体液を吸うなにかです》
「蚊じゃないよな」
《サイズ次第では？》
「……やっぱこの地下に怪物《クリーチャー》がいるんだろうな」
それも銃を持った成人男性を正面から仕留めるような怪物だ。
ネバネバを見た時点で嫌な予感はしてたけど、これはもう楽観できる状況じゃない。
「さっさと用事を済ませて撤退しよう」
《荷物はどうされますか？》
「……持ってくよ。缶詰の入ったバックパックも迷彩服も編み上げブーツも拳銃も一切合切」
《そうこなくっちゃです(︶︶)》
泥棒だと咎められる行為かもしれない。意地汚い奴《やつ》だと非難されるかもしれない。死者への冒瀆《ぼうとく》だと罵られるかもしれない。
けれどここでは常識も良識《そんなもの》もなんの役にも立たないのだ。

潔く、生き延びるための行動を優先することにした。

「まずは迷彩コートだな……失礼します」

僕はピーターさんから脱がした埃臭いアウターコートを羽織ってみる。

サイズもぴったりで、着心地も悪くない布地は分厚く丈夫だが、非常に軽い素材でできていた。

問題はなかったが、一点だけ不可解なことがあった。

裏地が何か変だ。なんで薄いプラスチックボードがついてたり、配線のような刺繡《ししゅう》が縫われてるんだ。

「なんだこれ？」

《細かいことは地上に戻ってから調べればいいのでは？》

それもそうだ。

他の衣類や靴などに取りかかり、ピーターさんの身ぐるみをはがした。

《……ところで運搬に問題はありませんか？》

「大いにある」

バックパックを背負おうと試みたが、持ち上げるのも難しかった。

五十キロ以上はある。非力な自分にはとても背負いきれる荷重ではない。

《荷物を小分けにして往復する必要がありますね》

「地下に化け物がいる以上、その案は却下だ」

第一、地上に上がった後もまだコンビニまでの運搬が残っている。根本的な解決になっていなかった。
《ならば最小限の荷物以外は捨てますか？》
「悠長に選別してられないだろ。それに持ち帰ると決めた以上は全部持ち帰る」
《御主人様はわがままです(￣３￣)》
クオヴァディスさんが拗《す》ねてしまった。
最初にあれもこれも持って帰ろうと提案してきたのは君ではなかったのか。
「よし、スキルを使ってなんとかしよう」
《例えばどのような？》
「基礎体力向上のスキルを上げるのはどうかな？」
《なるほど、良いアイデアかもしれません》
基礎体力向上のスキルは、筋力と心肺能力を高める効果がある。
強化すれば運搬能力も向上するのではないかという読みだ。
「ならばちゃっちゃと体力を上げよう。生存戦略起動」
元々サラリーマン時代は身体を壊しがちで、貧弱な肉体だった。
退職後、無職、フリーターを経て立派な脂肪を蓄えたぽっちゃり体型を獲得した。
《基礎体力向上がLv４になりました》
《基礎体力向上がLv５になりました》
《基礎体力向上がLv６になりました》

《基礎体力向上がLv７になりました》
だが携帯端末の画面をポチポチ連打するごとに、肉体が変化していくのが目に見えて分かった。Lv５辺りから筋肉が目に見えて引き締まり、Lv７に至って筋肉質と言って差し支えない身体つきに変化してしまった。
《細マッチョです》
「よしうまくいった。さっきまで持てなかったバックパックがなんとか背負えるようになったぞ」
《まだ余剰カロリーは残っているようです》
「ふむ、ならもう少し基礎体力向上をあげてみるかな」
少年斥候関連のスキルは消費カロリーが半分だったな。
手に入れた缶詰やライトミートもあるから簡単に餓死はしないはずだ。
《基礎体力向上がLv８になりました》
《基礎体力向上がLv９になりました》
《基礎体力向上がLv10になりました》
ついに基礎体力向上をカンストさせてしまったぞ。
見た目は更に筋肉が引き締まったくらいで大きな変化はなかったが、格段に体力がついた実感がある。
先程まで背負えなかったバックパックが、今は片手で持ち上げることすら余裕だった。
《基礎体力向上が肉体強化に変質しました》

「おお？」

アナウンスと同時に身体にピリッとした感覚が走った。

身体が上気し始め、大量の汗が流れ始めた。

堪《たま》らずに身につけていたコートと、ワイシャツを脱ぎ捨てた。

「うわ……何この力瘤《ちからこぶ》、腹筋が六つに割れてる」

《肉体強化の恩恵のようですね》

肉体強化の説明書きには「筋繊維になんたら」という記述があったが、要は基礎体力向上の上位スキルであるようだ。

筋肉が肥大化《パンプアップ》しただけではなく動きのひとつひとつが滑らかで力強くなっているのが、何気ない動作を通して実感できた。

これは凄《すご》い。

「ちょっと待って……これステータス欄の肉体強化が『Lv1』になってる」

《表記に間違いはないようです》

「つまりここから更に伸び代があるの？」

《イエス》

だってもうこれ以上は鍛える余地はあまりなさそうだよ。

もしかしてキャップやソーどころかハルクみたいなガチムチになってしまうのだろうか。

「頼もしくも恐ろしすぎる」

本来、ここまで鍛えるにはハードなトレーニングと、タンパク質の摂取を何ヵ月も繰り返す必要があるはず。

お手軽に手に入ってしまうこの現象に、一抹の不安を感じてしまう。

契約書に縛られているクオヴァディスは「企業秘密」だと細かいことを教えてくれないが、この身体に何が起きているのかは調べる必要がありそうだ。

《一定の条件が満たされたため、兵種：歩兵が解放《アンロック》されました》

「おや？」

端末に、見たことのない兵種のアイコンがポップしたぞ。

＊

手に入れたアイコンはライフル銃を担いで行進している兵隊さんだ。

説明書きには「引き金を引くだけの簡単なお仕事です」とある。

兵種関連の説明はキャッチコピー的というか、気の利いたことを言おうとして滑ってる印象がある。もう少し実用性のありそうな説明文が欲しいのだが、どうにかならないのか。

「察するに銃の扱いに長《た》けた兵種っぽい？　タイミングとしてはおあつらえ向きだけどどうして今、解放された？」

アナウンスにあった「一定の条件」って何？

《設定条件を満たすことで解放されるアイコンもあります。歩兵の場合『体力が規定値を超える』

でした》
「それってただ条件を満たせばいいの？」
《イエス》
「努力だけで体力つけても解放された？」
《イエス》
筋トレで同じように筋肉質な身体になれば、歩兵は解放されたわけだ。
まあ自然にアンロックできていたかと言えばノーだけどな。
運動を趣味にカウントしていない文化系自堕落人間の極みに、シックスパックつくれなんて無理な話だ。
「この際だし、歩兵を獲得してみるか」
だが表示されたアイコンは灰色になっておりタップしても反応がなかった。
解放したけど獲得ができませんでは意味ない。
そういえば他の兵種も、最初に少年斥候を選択した時点からずっと選択不可《グレー》のまま沈黙を続けている。
《別の兵種を獲得するには不十分な状態です》
「どうすれば良いの？」
《少年斥候のレベルをカンストさせるのが手っ取り早いようです》
「要するに兵種をカンストさせると次の兵種を選べる仕様になってるのか」

ただ今の腹持ち具合《余剰カロリー》では、それを達成することは困難だ。
第一、そんなことをしている暇はない。
「後回しだな。とっとと地上に戻ろうか」
残りの身支度を整えて、ずっしりと重いバックパックを背負った。
忘れ物がないか確認した後、ピーターさんに向かって合掌する。
「色々貰ってきます」
《さらばピーター(ー_ー)/~~~》
勿論、名も知らない男の屍《しかばね》から了解が得られるわけがなかった。
この人も生き延びるため、缶詰を探しにここを訪れたのだろうか。
生き延びるために違法な武器を手にし、戦い、結局は殺されてしまったのだろうか。
骸はただ無言のまま眼窩に虚無を湛《たた》えている。
疑問は疑問のまま闇に溶けていく。
《どうしました？》
「いや、そろそろ行こう」
《ですです(ー(ー)》
基礎体力強化でだいぶカロリーを消費してしまった。
余力は残っているが、何か面倒が起きる前に撤退しよう。

兵種：少年斥候Lv3
状態：
余剰カロリー：5401kcal
消費カロリー：130kcal／h

スキル：
肉体強化Lv1、小休止Lv3、野鳥観察Lv3、
害虫除けLv10、猛獣除けLv3、ナイフ術Lv7、
ジャミングLv5

＊

「クオヴァディスさん、さっきの出入口に戻るルートね」

《はいはーい私めにお任せあれ(ー(ー)/》

大した距離ではなかったが、クオヴァディスに案内してもらうことにした。

ちょっとした間違いが生死を分ける可能性だってある。ここは慎重にいきたい。

「通用口を抜けて分岐点を戻るから……右？」

《イエス》

地下商業施設と通路を区切る割れたガラスドア、その向こう側に行こうとして――僕はぎょっとして足を止めた。

前方にぼんやりと赤い灯りが見えたからだ。

「……なんだ火災報知機か」

《天井の照明は切れているのに長生きです》

都市から人が消えて十年以上の年月が過ぎている。

管理されていない状態で何故、どうやって電力供給が続いているのか非常に謎だ。

そんなことを考えていると――ひとつ、ふたつ、みっつ。

赤ランプが次々に増え始めた。

「は？」

カサカサカサ――

カサカサカサ――

《要警戒！　要警戒！》

「何？　何々⁉」

目を凝らすと、微かにそれらの輪郭が見えてくる。

巨大な丸餅の左右に生えた枝のような脚を動かす生物――その群れがまるで通せんぼするように通路を埋め尽くしている。

「ありがとうございますどう見ても蜘蛛の怪物《クリーチャー》です」
《非常灯だと思っていたのは彼らの単眼だったようですね》
「クオヴァディスさん、全力で迂回」
《別ルートを検索します》
蜘蛛たちはこちらの存在に気づいていないのか、あるいは警戒しているのか未《いま》だ襲ってくる気配がない。
ただ耳を澄ませるとフシュー……という息遣いが無数に、耳に届いてくる。
怪物と遭遇するのは三度目。地下に入る際、覚悟もしていた。けれどいざそれが目の前に現れると足が竦《すく》みそうになる。
《Uターンして二十メートル直進です》
「よし」
クオヴァディスの案内に従って地下商業施設へと引き返す。
そしてテナントが並ぶ暗闇に向かって身を沈めた。
蠢《うごめ》く影を視界から外さないよう、慎重に一歩二歩と後退していく。
《近年ジャングルで発見された最大級のタランチュラが、大人の掌サイズだそうです》
「小学生の身長くらいありますが？」
《新種発見ですね。学会に報告しましょう》
「残っていればね」

《名称は入道蜘蛛《にゅうどうぐも》でいかがでしょう？》

くだらないやりとりを交わしながら、わずかな灯りを頼りに慎重に進んでいく。

ピーターさんはあの蜘蛛たちに血を吸われ殺されたんだろうか？

「追ってきてるな」

《追ってきていますね》

赤い灯が遠ざかっていく気配はない。

蜘蛛たちは一定の距離をとりながらも僕らを追跡しているようだ。

「……端末のライトを消せば撒けると思う？」

《無理ですね。恐らくあの赤い眼で暗視しています》

「地下に棲《す》んでるならそうだろうなあ。でも追ってくるだけで襲ってこないのは何故だろう」

《害虫除けスキルの恩恵だと推測します》

なるほど、害虫除けはラーメン屋で手に入れたスキルだ。

あの時は小さな蜘蛛から仰け反るような反応を引き出して見せたが、人間サイズの蜘蛛にもそれなりの効果があるようだ。

最大まで強化した甲斐《かい》があった。

このスキルがなければ、出会い頭に群がられて生きたまま喰い千切られていたりチュウチュウやられていたかもしれない。

その場面が頭をよぎってゾッとした。

「だとしたら襲われる心配はない……のか？」

《過信は禁物です》

確かに猛獣除けの件もある。

唐獅子からのダメージは軽減できたが、戦闘自体を回避するには至らなかった。

害虫除けも「一定の効果はあるが絶対ではない」と考えた方が良さそうだ。

「………」

振り返れば入道蜘蛛がついてきている。

連中は一定の距離を保ったまま決して近づこうとはしてこない。

だが同時に解散する様子もなく、しつこく追跡を続けている。

つまり彼らは害虫除けスキルが及ばない位置まで距離をとっているだけ。それがなければ好奇心や食欲の赴くままに襲いかかってやる、という腹づもりなのだ。

今現在は、スキルの効果と本能とがうまい具合に均衡を保っている非常にデリケートな状況だ。

《興奮させたり怒らせると、抑制が利かなくなってなだれ込んできそうです》

「刺激するような行動は避けた方が無難だな」

《触らぬ入道に祟《たた》りなしです》

あんなキモい化け物に群がられて生きたまま喰われるなんて最悪だ。

想像するだけで鳥肌が立ってくる。

今すぐにでも走り出したかったが、それが興奮を煽《あお》ってしまう可能性になる場合もありえたのでぐっと堪え、競歩を続けた。

「エスカレーターのそばを通り過ぎたぞ」

《この先に商業区画の出口があります》

一瞬だけ下りのエスカレーターの標識に地下二階《おかず広場　食料品各種》の文字が目に入った。だが今はそれどころではない。

そしてなんとか、先程と正反対の場所にある商業施設と連絡路の境目に辿り着く。

「扉だ……よし開いてる」

ガラス扉の向こうに見えるのは左右へと延びる連絡路だった。

果たしてどちらに進むのが正解だろうか。

《地上への出口は右折です。左は地下鉄の改札に通じています》

「最初は地下鉄の確認に来たんだっけ――」

ガラス扉を押し開けると、ふいに音が飛び込んできた。

地の底から何かが押し寄せてくるような微かな振動を伴う音の洪水――それは左側の通路からだった。

はっきりと断言はできない。けれど電車が通過した残響音に聞こえなくもなかった。

《御主人様》

「こんな状況でメトロが運行してるはずがない。……このまま地上に戻ろう」

《畏《かしこ》まりました》

「もうこんな場所一秒だって……」

連絡路を進んでいくと、先の方が薄《う》っすらとだが明るくなっているのが分かった。

目的地が近い。地上に繋がる階段から光が差し込んでいるのだ。

だが同時に厄介なものが出現していた。

ぼんやりとした赤いふたつの灯――目を凝らすと、進行方向に一際巨大な双眸《そうぼう》を持った蜘蛛が鎮座していた。

「おいおいなんであの巨大な蜘蛛が先回りしてるんだ？」

《地下全体が彼ら蜘蛛族の縄張りなのでしょう》

「あんなのがあちこちで繁殖しているのか……地下ヤバすぎるな」

《日本に生息する蜘蛛の多くは、夜行性で薄暗い場所を好む習性があるようです》

クオヴァディスが幾つかのネット記事を提示してくる。

それにささっと目を通しながら、僕はあることを思いついた。

「……つまり裏を返せば太陽が苦手なんじゃないか？」

だとすれば勝機はある。

地上まで出さえすれば入道蜘蛛との鬼ごっこは終了だ。

「あの大蜘蛛は危険だから、ここは迂回して別の出口から――」

背後からカサカサと音が聞こえてきた。

見たら負けと思いつつも、振り返り絶望を味わう。

地下商業施設の扉からあふれるように赤い灯が押し寄せて退路が絶たれた。

挟み撃ちの状況だ。どこへも移動することができない。

「クオヴァディス、前と後ろ、戦うならどっちがマシ？」

《後ろはキリがありません》

「なら前進ルートだな」

手に入れたばかりの拳銃を握りしめ、大入道蜘蛛の方に向き直る。

肉体強化というスキルも手に入れたし、まったく勝ち目がないとも言えないはず。

《残念ながらそれでも戦闘での勝率は５％以下です》

「低すぎない？」

《安全装置の解除方法を御存知ですか？　弾丸の装塡方法を御存知ですか？》

「どうやるの？」

《動画をサジェストしますか？》

「つまり、この状況は詰んでるってこと？」

やっぱりこのゲーム設定、ハードモードになってるだろ。

つかゲームバランスおかしすぎだろ。

序盤なら経験値稼ぎ用の雑魚敵のみ配置しとくべきなのでは？

《我々の目的は戦闘での勝利ではありません。生存です》

「じゃあどうやったら生き残れるか教えてくれ」

《現在最も生存率の高いのは『駆け込み乗車作戦』です》

「何それ」

《具体的には『階段までひたすらダッシュ』します》

つまり大入道蜘蛛と戦わず、地上まで走り抜ける。外に出れば太陽を嫌ってそれ以上追いかけてはこないから安全ということか。

ネーミングはともかくクオヴァディスの提案が正解かもしれない。

「攻撃されたらどうする？」

《バックパックを正面に抱えて盾にしてください》

「駆け込み乗車の意味が分かった。攻撃を受けるのが前提のプランだとは思わなかったけど」

《リスクはありますが、最善の方法だと思います》

「…………」

大入道蜘蛛に近づけば、向こうは襲いかかってきたと思って攻撃してくる可能性が高い。

攻撃方法は、前脚の先端にある大鎌のような爪だろう。

ただ、斬りかかられてもバックパックには缶詰が山ほど詰まっている。ある程度の衝撃は防げそうだから一度くらいなら凌げるかもしれない。

但し問題は——

だとしたらいっそ——

「おいおい……この期に及んで何を考えてるんだ」

棺桶《かんおけ》に片足を突っ込んでいるこの状況下で、それはあまりにも愚かな考えだ。
思わず笑いが込み上げてくる。
《御主人様？》
「正気の沙汰じゃないな。……クオヴァディス、せっかくだけど作戦を変更しよう」

＊

端末を操作してスキルの画面へ飛んだ。
コーヒーのアイコンを連続タップして単独強化を行ってみる。
《小休止がLv４になりました》
《小休止がLv５になりました》
《小休止がLv６になりました》
《小休止がLv７になりました》
《小休止がLv８になりました》
おかげで恐ろしいくらい清々《すがすが》しい気分になれた。
エナジードリンクをガロン単位でガブ飲みしたような高揚感と、頭の冴え。実際にそんなことをしたらカフェインの過剰摂取で死んじゃうだろうけど。
ただ小休止も脳内分泌物を弄って精神安定、疲労軽減などをもたらすスキルらしいので、これはこれで大概だろう。

「……ふう」

《何故、今そのスキルを？》

クオヴァディスは人間の心をイマイチ分かってない。

正直僕はこの危機的状況にかなりビビっている。

チビりそうになるのも膝がガタガタ震えるのも、ドーパミンとアドレナリンとセロトニンの大量放出で誤魔化しているのだ。

「というわけで『駆け込み乗車作戦』改め『使用済みシャツ作戦』にします」

《使用済みシャツ？》

「はい、まずはバックパックからシャツを取り出します」

《汗まみれになって脱いだシャツですね》

「その通り」

《もしかして害虫除けの特性を利用するのですか？》

以前、クオヴァディスは害虫除けをこう説明していた。

「昆虫が苦手とする刺激臭を含んだ汗を発生させ寄せつけないようにする」スキルだと。

つまり肉体強化によって大量に汗をかき、あまつさえ身体をゴシゴシ拭いたこのシャツにはスキルの恩恵が強く染み付いている。

これを使えば大入道蜘蛛ですら近寄れないはずだ。

「さあ一か八か賭けの時間だ」

漏れそうになる悲鳴を下唇ごと噛み殺し、使用済みのシャツを掲げて一歩踏み出す。
近づくにつれ大入道蜘蛛の容貌がはっきりと見えてきた。
太い毛がまだらに生えた鼠色《ねずみいろ》の体表。
ねちょりとした涎が伝う巨大な牙。
そして前方中央に据えられた赤い宝石のような双眼。
「圧力《プレッシャー》が凄まじいな」
小休止のスキルを強化したのは正解だった。
これはまともな神経ではやってられない。
ギイ……。
前方にいた大入道蜘蛛が折りたたんでいた脚をゆっくりと上げ、警戒態勢に入った。
見上げるほどの高さにある赤い二つの眼がギョロと動いた。
「あ、これはマズいかも」
《…………》
眼を見た瞬間、『使用済みシャツ作戦』が失敗したのを理解した。
直感が告げている——こいつはすでに冷静じゃない。
こいつは害虫除けが効かないくらいに飢えている。
あと一歩進んだら八つ裂きにされ殺される。
だが振り上げたブーツの靴底は、すでに地面を目指していた。

つまりは――

死んだ。

その運命を悟った瞬間、空気の流れが緩やかに感じられた。

もう後戻りはできないはずなのに感覚だけがやけに冴《さ》え渡《わた》っていて、自分の鼓動も、微かな大気の動きも、はっきりととらえることができた。

目の前にある巨大な牙、低い唸《うな》り声が聞こえてくる。

左前脚の関節が折れ曲がり、大鎌に似た爪が揺れる。

大入道蜘蛛が目の前にやってきた餌に、齧りつこうとしているのが分かった。

前脚で摑《つか》まえ、頭蓋骨をかみ砕き、その歯ごたえと共にジューシーな脳味噌《のうみそ》をシャクシャクと咀嚼しようとしていた。

きっと物凄く腹が減っていたのだろう。

我を忘れるくらいとてもとてもお腹が空いていたのだろう。

空腹は最高のスパイスだ。

きっと何を食べても美味しいに違いない。

食べられる。食べられてしまう。

食べる。食べる時。食べれば。食べろ。

食べよう。食べたい。

も。っ。と。食。わ。せ。ろ。

例えば。この目の前の。愚かな。

大。蜘。蛛。と。か。


ギ……ギイ……。

大入道蜘蛛が鳴き声を上げ、びくりと硬直した。

怯《おび》えるように後退《あとじさ》りして、塞いでいた地上階段への通路を譲ってくる。

「何が起きたんだ……?」

《ポカーン(゜Д゜)???》

絶体絶命の状況だと思ったのだが、今になってシャツが効果を発揮したのか。

イマイチ釈然としないが、この機会を逃す手はない。

僕はこの隙に、地上階段に通じる通路へと身体を滑り込ませる。

ようやく階段が見えた。

後はひたすら上るだけ。地上に出さえすれば蜘蛛たちも追ってこられないはず。

《注意してください》

「ん?」

後ろが騒々しくなってきた。

ギイギイ低い鳴き声と物音――振り返ると大入道蜘蛛と群れとがぶつかり合い狭い通路で鮨詰《すしづ》め状態になっていた。

「小さい方が押し寄せてきた？」

《大きい方も縄張りを荒らされ荒ぶっています》

大入道蜘蛛が、入道蜘蛛の先頭集団を盛大にぶっ飛ばしたのをきっかけに大乱闘が始まってしまった。仲間割れとは好都合。

だがすぐに押し合い圧《へ》し合《あ》いから逃れた数匹がこちらに流れ込んでくる。

《向かってきます(ó_ó˘)》

「分かってる‼」

脚が八本もあるせいか移動速度が凄まじい。

こちらとの距離がみるみる縮まっていた。

手にしていた使用済みシャツを投げるが、諍《いさか》いによって興奮状態に陥っており効果がない。

「死んでたまるかああああああああああああ‼　逃げ切ってやるうううううう‼」

こっちだって黙って食われるつもりはない。

重たいバックパックを背負いながら全力で階段を駆け上がった。

＊

「ぜー……はー……本当に死ぬかと思った」

僕は歩道にへたり込んだ。

ここは池袋駅のロータリーだ。

地下出入口からはそれなりに離れているし、見回す限り蜘蛛は見えない。ここまで移動すれば安全なはずだ。

毎回毎回地獄のようなピンチを味わっているが、今回も大概だ。

《読み通り、蜘蛛たちは太陽が苦手だったみたいですね》

「……だな」

霧のせいで日差しは強いとは言えなかったが、それでも太陽は蜘蛛にとって天敵だったようだ。

クオヴァディス曰《いわ》く、先頭の蜘蛛が後続を押しのけて地下出入口に戻っていくと、残りの群れもスゴスゴと消えていったようだ。

「つまりは『使用済みシャツ作戦』大成功というわけだな」

《汗臭いシャツが勝因というのはいかがかと(-_-)ウーン》

「窮地を逃れられたんだから良いじゃないか」

《ところで質問があります》

「うん？」

《『駆け込み乗車作戦』を思案している際、何故笑っていたのですか？》

「ああ」

なるほど確かに笑っていた。

あの状況でふつうは笑わない。

追い詰められてニヤついていたら発狂したのか、と思われても仕方がないだろう。

「バックパックを盾にするのがどうしても嫌だったんだ」
《攻撃を受けたくないから？》
「違う。缶詰が潰れるから」
《はい？》
「缶詰が潰れて食べられなくなるのが嫌だったから。我ながらどんだけ食い意地張ってるんだって思って笑えてきたんだ」
《……ちっとも笑えません(Ⅲ-Д-)》
「さーせん」
《御主人様は一度脳外科へ行くことをお勧めします》
その後もクオヴァディスさんは文句を言い続けていた。
さて、お腹もグーグー鳴り始めたし、腰を落ち着けて食事ができる場所が欲しいかな。
このところ本当にすぐお腹が空くようになってしまった。
余剰カロリーはまだ残っていたが、食べても食べても満足できる気がしないのは何故だろう。
本当にどうかしているかもしれないと思いながら、僕はコンビニに戻ることにした。

＊

【TIPS】

ライトミート：

名称：ライトミート／カロリー缶。原材料：工業用塩化ナトリウム、水、遺伝子組み換え大豆。

内容量：２００グラム。販売業者：ｍａｍａｚｏｎ。

栄養成分表示（一缶あたり）：熱量１００キロカロリー。主にタンパク質。

「ＡＬＷＡＹＳのプライベートブランド商品ライトミートは安全で美味しくご利用頂くため遺伝子組み換え大豆のみを使用しております」

基礎体力向上：

肝臓、筋肉のグリコーゲン蓄積量を常人の二～十倍まで引き上げる。

他、心肺機能、筋肉の強化。

4.▼▼ 兵站《へいたん》が整いました

《ササササピエンス、あなたは社畜ですか？》
コンビニに戻ってみたところ、ゴリラアーマー店長からの第一声がそれだった。
巨大な拳をわずかに引いて臨戦態勢。「返答次第ではぶっ飛ばす」の構えである。
「もしかして関係性がリセットされてます？」
《所詮はボットɑ_ɑ》
クオヴァディスがＩＤを提示すると、素直に拳をおさめてくれた。
店長のくせにスタッフの顔とか覚える気ないのだろうか。
《社畜、ワーキン、ワワワワーキン》
「いやまだ出勤時間前なんですけど？」
ゴリラアーマー店長は聞く耳も持たず、颯爽《さっそう》と出かけてしまった。
すぐに銃声が聞こえてきたので多分「清掃」だろう。
業務なんてあってないようなものだから良いんだけどさ。
引き継ぎもなく店を一任するのはいかがなものか。その度量惚《ほ》れてしまうぜ。
《おや、ライトミートが補充されてますよ？》

「本当だ」

棚に並んだ白ラベルの缶詰が前回よりも数を増やしていた。

自己複製したのでなければ多めに仕入れてくれたのだ。これでライトミートが定期購入可能なことが確認できてしまった。

美味しくはなかったがされどカロリー。調味料を駆使すればそれなりに食べられる代物だ。

つまるところガードマン付きで最低限の食事が保障された寝床を手に入れたことになる。

「第二の家だな」

《おうち大事＞ - ＞》

「とりあえずライトミートは全部購入決定」

《十円だから余裕で買えます》

＊

「さて休憩……もとい労働の時間だ」

最初の業務は寝床の用意だ。

近くのコーヒーショップで拝借したソファとテーブルをレジカウンター内に配置。

やや手狭であるが寝室兼リビングが完成した。

「クオヴァディスさん、せっかくだから音楽かけて」

《どんな曲を御所望ですか？》

「作業用ＢＧＭ」

《それでは最初のナンバーから。配管工のヒゲが跳ねるしゃがむ駆けずり回る勇姿を想像しながらお聞きください》

「なんか始まった!?」

しばらくしてピコピコと電子音楽が流れ始める。

どこかで聞いたことがある、というか日本国民ならまず耳にしたことがあるレジェンド級レトロゲーム曲だった。

《私のプレイリストには昔懐かしいチップチューンが数万曲ほど入ってますので、その数々を披露致していきたいと思います(￣^￣)ゞ◎》

「人のストレージ使って何してるんだよ」

《(￣^￣)b》

まあいいか。

クオヴァディスさんの流すピコピコ音楽に耳を傾けながら、バックパックを下ろしてどっかりソファに腰掛けた。

……うん、座り心地は悪くない。

かなり埃っぽいしギシギシと軋《きし》みはするがご愛嬌《あいきょう》だ。

「……とりあえず戦利品の確認でもしていくか」

手に入れたもの一切合切をレジカウンターに並べてみる。

しかし色々持ってきたな。

《地下商業施設での探索は大収穫でした。これもひとえに優秀なサポートＡＩの功績が大きかったからでしょう》

「おかげで蜘蛛に殺されかけたけどね。本当に死ぬかと思ったけどね」

《やれやれ御主人様はツンデレのようです》

「さて、まずは衣料品関係だな」

手に入れた装備は迷彩コートとヘルメット、編み上げブーツの三点だな。

コートは防水加工もされており雨天などにも役立ちそうだし、ブーツの方も安全靴みたいに硬いので踏みつけや蹴りに使えそうだ。

《サイズはどうですか？》

「体格がわりと近かったみたいで違和感はないよ」

ブーツのはき心地も問題ない。

誂《あつら》えたようにぴったりで靴擦れの心配もなさそうだ。

ちなみに迷彩ヘルメットも持ってきたがこれは被《かぶ》らない。

何故なら蒸れるから。蒸れると禿《は》げるから。

うちの家系の男は先祖代々、猫っ毛で薄毛に悩まされるという悲しい宿命を背負っているのだ。

もし毛根が強化されるスキルが入った暁には絶対に強化してやる。絶対にだ。

「さあ……次はバックパックだ」

まず背負い鞄《かばん》自体が優れものだ。

サイドポーチが多数あるのも嬉《うれ》しいが、何より使い心地が凄い。

背面がカーブを描いていてフィットする、詰め込んでも横に膨らまない、肩帯がしっかりしている、以上の理由から移動中まったく邪魔にならないのだ。

「これ普段使いで欲しかったなあ。どこのメーカーだろ？」

《画像検索してみました》

端末にそっくりな型のバックパックが表示される。

海外のアサルトバッグメーカーのレアモデルのようだ。

難燃、防水の加工もバッチリという記載もあり価格にゼロがたくさん付いている。

「一生モノじゃんか。今更だけどピーターさんに悪いことしたかな」

《元々盗品のようなので気に病む必要はないかと》

「は？　どういうこと？」

《バックパックに防犯タグが付いております》

「これか。ストラップかと勘違いしてた」

何かぶら下がってるなと思ってはいたけど、防犯タグだったらしい。

手の込んだタグで、弓を構えた道化師のマークの下にアルファベットのロゴがある。

「リリパットジョーカーズ……店名？」

《該当する店舗が一件……池袋にあるミリタリーグッズ専門の輸入雑貨店です》

「場所は？」

表示された地図を見ると西口繁華街だった。

「かなり近いな……そこから持ち出したってことか」

《迷彩コートなども同様のようです》

「そういえば迷彩コートで思い出した。気になることがあったな」

コートの裏地が何かおかしかったのだ。

改めて確認してみると、右ポケットの裏側辺りに薄い正方形の板が仕込まれている。

プラスチック製で、何やら英語と数字の羅列がある。

Ａｈ《アンペアアワー》とＷｈ《ワットアワー》の表記からバッテリーパックらしい。

《他にもⓒINVISIBLEMAN とあります》

「商標名、透明人間？」

《ⓒは商標ではなく著作権の権利表示ですね》

意味が分からない。

裏地全体に刻印《プリント》されている黄金の線は、模様というより配線にも見えた。バッテリーパックを起点に裏地全体に這い、首元に収束している。

なんとなく首の辺りを探ってみると、カチリと手応えがあった。

襟首の釦《ボタン》がスイッチになっていたらしい。

「……何これ？」

《……なんでしょう？》

迷彩コートが微かに振動した後、驚くべきことが起きた。

消失——外套《がいとう》を抱えていた腕ごと、まるで神隠しにあったようにその場から消えてしまった。

いや違う。見えないだけでそこに存在はしている。

何故なら腕の感覚はあったし、生地の重さも感じていた。

それから一分も経たないうちに、迷彩コートは目の前に姿を現した。

《成程、透明人間になれる迷彩コートでしたか》

「そんな馬鹿な」

だがクオヴァディスの言葉は今起きた現象を、端的に説明していた。

そしてバッテリーパックの翻訳と試験の結果、驚くべき事実が判明する。

迷彩コートは「釦を押すと四十五秒間だけ、風景に溶け込み、熱観測すら回避するステルス効果を得られる」らしい。

他にも「クールタイムは十五分」「太陽で充電可能」などの情報も得られた。

いわゆる、光学迷彩——それを可能にするコートだったのだ。

「何故、こんな最先端の軍事兵器みたいなものをミリタリーショップで扱ってるの？」

《さあ？》

湧き上がる幾つものツッコミについて、考えるのは放棄した。

面倒くさいし時間の無駄だ。

非常に便利なアイテムなので、生き残るために最大限活用させてもらおう。

「さてバックパックの中身も調べていくかな」

《たくさんあります》

缶詰以外に出てきたものとしては予備の弾倉、サバイバルナイフ、水筒、携帯端末などだ。

手荷物からもショッピング目的で、あの場所にいたわけではないことが窺える。

ピーター氏は地下商店街で缶詰を手に入れようとしていた。

やはり彼は、僕のようにこの辺りの衣類や食品を物色していたクチかもしれない。

ただ財布や身分証などすぐに身元特定できそうな物は見つからなかった。

結論から言えばピーター氏の正体については何も分からず仕舞いだ。

「唯一、手がかりになりそうなのはこの携帯端末だな」

黒一色の端末でデザインも素っ気もなく、あるのは電源ボタンのみ。

調べてみたが中国製《メイドインチャイナ》の「Mordiggian」という機種であること以外分からなかった。

《該当する機種がありませんでした》

「起動させてみないと分かんないんだけど……バッテリー切れなんだよな」

《充電器の規格も従来のものと違うようです》

「途中立ち寄れそうな家電用品店があれば探してみるか」

それからしばらくの間、荷物の整理を行った。

食料と必要最低限なものだけを詰め込んで、容易に入手できそうな雑貨は外しておく。

シャツや下着など衣料品も、近くの洋服店を利用するので基本使い捨てだ。

＊

「次はこれか」

手にすっぽりとおさまる大きさのそれは、ヒンヤリと冷たくズッシリと重量感がある。

小難しく説明するなら「火薬を用いて、弾丸を高速で発射、その運動エネルギーで対象を破壊することを目的とした小型の兵器」だ。

元の時代であれば所持しているだけで銃刀法違反で即逮捕なヤバい代物。

ピストル、ハンドガン。他にははじき、チャカなんて呼びかたもあるが、

「さすがにこれだけはミリタリーショップにも置いてないだろ」

《透明人間になれるコートがある以上、置いてあるのでは？》

世の中どうなってるんだろう。

ちなみに画像検索をかけたが、銃についても一致する型は見つからなかった。

「弾倉含めて三百十二発」

《撃ち放題です》

いずれにせよ試し撃ちをしなくてはいけない。

安全装置の場所とか弾込めとかそこら辺の勉強もだ。怪物たちに「待った」は通用しない。実戦になる前に使いこなせる必要があった。

「手に入れるべきは銃系統のスキルだな」

《銃スキルのアンロックには、銃の扱いに長けた兵種の獲得が必須になります》

心当たりは幾つかある。

ただ現段階では兵種アイコンはグレーのまま取得不可能だ。

クオヴァディスは少年斥候をカンストさせるのが手っ取り早いと言っていた。

思考をまとめながら残った荷をバックパックに詰め直し終えると、戦利品の確認は残すところひとつとなった。

＊

「さていよいよ次は缶詰の検分だな」

《カロリー(゜ｃ゜)》

「じゃじゃーん、鯖缶様の登場だ」

バックパックから缶詰を取り出し掲げてみせる。

これこそピーター叔父さんの缶詰工房でしか手に入らない一缶五千円の高級鯖缶。

非常食に回す予定だが、ちゃんと食べられるか試食は必要だ。

《お待ちください。それは本当に鯖缶でしょうか？》

「何言ってるんだよ。鯖のイラストがあるだろ？」

《…………》

改めて手元の缶を見直す。

魚のイラストは入っていたが鯖以外の魚に見えなくもなかった。

「鯖」という表記はどこにもなくアルファベットで色々と表記がされている。

「実際に食べてみれば分かるさ」

ほうら蓋を開ければ鯖の香りが……しない？

缶を覗き込むと鯖の切り身はなかった。

代わりにベージュ色の何かが詰め込まれている。

ツナに似ていたがペースト状にされている。仄かに青臭く、指ですくって舐めるが味が分からない。

何これ？

「えーと……？　シーエーティー……エフオー……」

ラベルのなかで目に付いた大きめのアルファベット綴《つづ》りを拾い読みしてみる。

途中で何であるか気づいてしまい暗い気持ちになった。

《さて問題です。この缶詰はなんだったでしょう？》

「……キャットフード」

《正解です》

「…………」

《ラベルを翻訳すると「療養中・術後の猫ちゃんのための栄養食品」だそうです。これは高カロリ

ーが期待できますね(=^エ^=)》

「死ぬような思いをして手に入れたのが大量の猫缶だった……」

むごい。あまりにむごすぎる。

思わず膝からその場に崩れ落ちた。

「……うん？」

猫缶に交じってひとつだけ形状の違うものを見つけた。

取り出すとでかでかと魚のイラストがあり、大きくアルファベットで商品名らしき文字が綴られている。

「こいつはなんだ？　えっと……はぱん……しらっか？」

鯖缶ではないようだが魚のイラストが付いている。

今度はＣＡＴの文字もどこにもない。

生きる気力が戻ってくる。これはきっとシーチキンかオイルサーディンみたいなまともな食料に違いなかった。

《hapansilakka。フィンランド語で「酸っぱい魚」という意味のようです》

「酸っぱい魚。ということは酢漬けか」

あまり得意ではないがこの際贅沢は言わない。

《主にスウェーデンで消費される塩漬けのニシンで、農閑期の保存食が起源とされる食品です》

「伝統的な魚料理って感じだな」

《但し、空輪の際には兵器と同じ扱いが必要になるようです》

「は？」

缶詰の魚料理の話をしていたよね？

何故、急に兵器？

《発酵によって生じるその強力な臭いから毒ガス兵器と間違われることもあるからだそうです》

「もしかしてこの缶詰って……」

《スウェーデン語でsurströmming》

シュールストレミング――別名「世界一臭い食べ物」か。

この食べ物をネタにして屍となった動画配信者を何人も見ていた。

笑いながらレインコートを着て、試食していた者が最終的に、泣きながら嘔吐《おうと》している姿を見た時にはさすがに引いたものだ。

曰く夏場の下水道か公衆トイレを百倍にしたような臭いである。

曰く開封と同時に吹き出す臭いによって失神者が出る。

曰く航空会社では爆発物と同じ扱いで持ち込みが禁じられている。

曰く缶詰によっては兵器と誤解される可能性について示唆する注意書きがある。

「……封印だな」

《賢明な判断です》

仮に食べられたとしても、開封して放たれる臭いが何をしでかすのかまったく読めない。

化け物を忌避させるならしめたものだが、引き寄せる可能性の方がありそうだ。

第一、自分が臭いに耐えかねてその場に居られなくなる場合も考えられる。調べた限り、臭いは年単位で残ることもあるそうだ。

衝撃で中身が漏れないようにタオルで包み、大魔王シュールストレミングを厳重に封印した。

「はあ。命がけで手に入れた食べ物が猫の餌と最臭兵器って、呪われてるのかな？」

《最臭兵器は置いておくとして猫缶は食べるべきでしょう》

「べきって……猫缶だよ？」

《人間が食べても問題ないとラベルにはあるようです》

「いやでも」

《飽食の時代は終了しました。今やカロリーは正義です》

「…………」

*

「はーいみんなお待ちかねのモグモグタイムの時間だよ！」

今日のお昼ご飯はキャットフードだ。

キャットフードって猫ちゃんが食べる物なのにおかしいよね。

でも仕方ない仕方ない。これもそれもすべては生きるためだもの。

他に食べるものがないなら食べたくなくても食べなきゃね。

生きるって、生きていくってとっても辛くて大変なことなんだ。

《御主人様、ぶつぶつと誰に向かって話しかけているんですか？》

「想像上の視聴者」

《何故？》

「食育番組の進行役になりきってるんだ。話しかけないでくれ」

《何故(ﾟДﾟ)?》

勿論、不味いものを少しでも楽しく食べようとする人間の知恵パートⅡだ。

ペットの餌を口にするのは正直かなり抵抗がある。

これを乗り越えるには無理やりにでもテンションをあげていく他ない。

《人間とは不条理な存在です(ﾟ‐ﾟ)ｳｰﾝ》

「わお。中身はなんだか地味な色だね。ペースト状だしとっても不味そう！」

意を決してスプーンですくってひょいパクと口に放り込んでみる。

「うーん、ベリー薄味！」

食感はベチャベチャしていて最悪だ。

但し味付けは不味くはない。仄かにカツオの風味が感じられて食べられないこともなかった。

「味だけじゃなくてラベルも見ていこう！　カロリーはいくらだろうね。……ふむふむ一缶で『500キロカロリー』もあるね！」

《素晴らしい。ライトミートの実に五倍ですね》

「ヤッタネ。スキル強化が捗《はかど》るね。ウッレシイ！」

《栄養価が高い点にも注目しておきたいですね。これはまったく非の打ち所がない加工食品です》

「猫の餌としてはねー！　人が食べる物としては下の下だよ！」

はー……このテンション疲れてきたな。

偽餃子、唐獅子ＢＢＱ、ディストピア肉ときて、次は猫缶か。

いい加減、まともな料理が食べたいのに手に入るのがろくでもないものばかりなのはどういうことだ。

結局、文句を言いながらも猫缶を五缶、ついでにライトミートを十缶平らげた。

無論、食が進んだからではなく目的があってのことだ。

＊

「げふ……そろそろ準備できたな……生存戦略を起動」
《あいあいさー》
掛け声と共に携帯にステータス画面が表示される。

兵種：少年斥候Lv3
状態：
余剰カロリー：７０８９ｋｃａｌ

消費カロリー：134kcal／h

スキル：
肉体強化Lv1、小休止Lv8、野鳥観察Lv3、害虫除けLv10、猛獣除けLv3、ナイフ術Lv7、ジャミングLv5

《お腹満タン準備万全でありますᐸ(ᗒᴗᗕ)ᐳ》
いいね。
十分な兵站を確保することができたようだ。
「さてクオヴァディスくん、我が軍は未だ化け物に対しての対抗措置がない」
《はっ閣下》
蜘蛛の化け物たちに再び襲われ、勝てるかといえば非常に厳しいだろう。
戦闘用スキルが少ないのもだが、せっかく、手に入った近代兵器「拳銃」を使《つか》い熟《こな》す準備ができていない。
「この情けない状況を改善すべく今日は銃系スキルを入手したいと思います」
《具体的にはどうしますか？》
「まず手始めに少年斥候を卒業します」

そして次なる兵種をゲットする。

砲兵か歩兵になれば銃関連のスキルを得られるのではと睨《にら》んでいる。

拳銃を使いこなせるようになれば遠距離からの攻撃が容易になる。

敵と距離がとれれば負傷の心配が減るし、何より威力は絶大だ。

かなりの戦力増強が期待できるはず。

「さてそれじゃあ兵種を一気にLvアップさせようか」

《閣下、一気にはできません＜(＞ᴗ＜)》

「なにゆえ？」

基礎体力強化がすでにカンストをしているので設計上、兵種強化の選択ができないらしい。面倒だが基礎スキルの単独強化を選択してひとつひとつカンストさせる必要があるようだ。

「若干、出鼻を挫かれた感があるが……とりあえず順番にやっていくか」

《まずはどちらから？》

「じゃあまったく手をつけてない野鳥観察で」

Lvアップの度にアナウンスされるとウザいので省略を指示する。

《野鳥観察がLv（略）しています》

《野鳥観察がLv10になりました》

アイコンをタップしていくと近視一歩手前だった視界がはっきりしてきた。

徹夜でモニターと睨めっこしていたせいで小数点まで落ち込んだ視力が驚異的に回復していく。

試しにクオヴァディスさんにランドルト環《かん》を表示して計測してもらった結果、視力3・0以上が確定した。
《以下三種類のスキルのうちひとつをアンロックしてください》
そして端末画面にアイコンが三つポップする。
暗視
顕微
望遠
当然ながらどれも視力強化系スキルだ。その用途は説明書きを読まずともだいたい名称だけで把握ができた。
《ちなみにスワイプで保留可能です》
どれも便利そうなので後ほどゆっくりと吟味しよう。
少年斥候をカンストさせる作業が先なので、今はそっちを優先したい。
「さて残りの基礎スキルは――小休止だったな」
《小休止がLv（略）しています》
《小休止がLv10になりました》
小休止は精神安定と疲労軽減をもたらすスキルだ。
すでにリラックス状態にあるせいか強烈な変化は起きない。
恐らくはいざという時に効果を発揮してくれるに違いない。内心、これ以上ハイになりたくないので安心する。

《以下三種類のスキルのうちひとつをアンロックしてください》

アナウンスと共に三種類のアイコンが端末画面に表示される。

トリガーハッピー

ヒロイックピル

ヨクネムレール

名称は珍しいカタカナばかりだ。

どこか不安を覚えるような響きのものが多い。嫌な予感がして説明書きを流し読みする。

案の定というべきか、どれも脳内分泌物がどうこうと書いてあった。そのうえ「依存性」とか「副作用」とかいう恐ろしい単語が交じっていたので、そっとスワイプした。

「これも後回しだな。というか永久欠番だ」

《畏まりました》

「これで基礎スキルがすべてカンストしたみたいだな」

《少年斥候がLv10になりました》

《兵種：おもちゃの兵隊《トイソルジャー》が解放されました》

基礎体力向上、小休止、野鳥観察——基礎スキルのすべてのレベルが最大値まで上がったことで少年斥候のLv10になった。

「これで目的のひとつはクリアしたな」

《おめでとうございます(≧∪≦)>》
「まだ喜ぶのは早い。目的は銃スキルの獲得だからな」
《昇格条件を確認中……しばらくお待ちください》
「昇格？」
端末に砂時計が表示された。
待たされること数十秒、アナウンスと共に端末画面に三つのアイコンが出現する。
それぞれに兵隊らしきキャラクターが描かれている。どうやらスキルではなく兵種のアイコンのようだった。
《少年斥候が昇格《プロモーション》できるようになりました。表示されたうちからひとつを選択してください》
工作員
密偵
斥候
「なんだこれ？　別の兵種が選択できるんじゃないの？」
《兵種をカンストさせると昇格ができるようになります》
「ふむ」
生存戦略そのものにはマニュアルが存在しない。クオヴァディスからもたらされる説明だけが手がかりなのだが、それもモノリス社との契約に縛られており十分ではない。
思ったように作業が進められず若干の戸惑いがある。

「昇格って将棋とかチェスの？」

《はい》

歩《ふ》がと金になり上がる。歩兵《ポーン》が女王《クイーン》や司教《ビショップ》に変わる。駒が上の位に上がることを指し示す用語だ。

「……ひとつひとつ検分していくか」

予定が変わってしまったが、どんな兵種か確認することにした。

まずは工作員だ。

アイコンは時限爆弾を仕掛けながら、いやらしい笑みを浮かべたツナギ姿の男だ。

説明書きには「罠《わな》を仕掛けたら超一流」とある。

トラップを製作できるスキルを持っているなら有益そうだが、今は求めていない。

次に密偵。

アイコンは外灯に佇《たたず》む遮光眼鏡の黒服。後ろ手にナイフがちらり。

説明書きは「外灯と短剣。スパイ活劇が好きな人向け」とある。

情報収集に特化していそうだ。ナイフ系の戦闘スキルを持っていそうな印象もあるが特に必要ではない。

最後は斥候だ。

アイコンは足跡を虫眼鏡で追跡する★印ヘルメットの兵隊だ。

説明書きには「追跡、偵察はお手の物」とあった。

少年斥候の上位互換であることが名称からも窺えたが、今求めているものではなかった。

「うーんどうにもぱっとしないというのが第一印象だな」

少年斥候の昇格先と言われれば「そうだね」とは思うけど、ラインナップはどれも地味でパンチが弱い印象だ。

ひとつでも拳銃が使えそうなアイコンがあれば即決できたのだが、これははっきり言って決め手に欠けた。

「クオヴァディスさん、なにかアドバイスない？」

《昇格は選択した時点でキャンセルできないので御注意ください》

やり直しは利かないようだ。

後悔はしたくないので慎重に選ぶつもりではいる。

《それから――》

「他に何かあるの？」

《ユーザーの成長度合などによって昇格先が変化します》

「成長度合？」

《所持する兵種・スキルの数や種類、Lvなどです》

それ大事な情報じゃない？

この段階になってそんなアドバイスをされても今更すぎるのではないか。

「ひょっとしてこの選択も保留にできる？」

《スワイプで可能です(^^)》
おお。
画面が切り替わり、通常の操作メニューに戻ると「保留中」の項目が増えていた。
今からでも昇格先の変化を調整できるらしい。
ならばカロリーが許す限り、スキルの強化と獲得に挑もうではないか。
「まずは野鳥観察の後に出てきた三択だな……」
暗視
顕微
望遠
「ポチ……」
《暗視を解放しました》
迷ったがここは暗視を選択。
望遠と迷ったが、野鳥観察のおかげですでに視力は抜群に向上していた。
何より霧に満ちた世界ではこれ以上、遠くを見通せるようになっても意味がない。
ならば灯りのろくにない夜や地下の世界に備えた方が有益なはずだった。
「さて次は小休止の三択。正直、とるつもりなかったけど仕方がない」
トリガーハッピー
ヒロイックピル

ヨクネムレール

「ポチ……」

《トリガーハッピーを解放しました》

不吉な名称ではあったが「集中力が増し、精密動作が行い易くなる」「射撃の命中率向上に最適」という文句が決定打になった。

「副作用あり」の部分は見なかったことにする。

ちなみに最初はヒロイックピルにするつもりだった。これは「痛みを和らげ、恐れをなくす」という戦闘向きのスキルだ。

だが「強化しすぎると快楽に変化」「依存症あり」という記述で止めることにした。

「痛いのは大嫌いだけど大好きにはなりたくない」

《AIには理解できない悩みです。興味深い(ＩＡＩ)》

「さて……余剰カロリーはまだあるな」

何度も言うが蓄えはあった。有り余ると言うほど、実際には余ってもいないが仮にゼロになっても食べるものはあるので餓死はしない。

この際なので他のスキルも強化しておくことにした。

「まずは猛獣除けだ」

《猛獣除けがLv10になりました》

《猛獣除けと害虫除けが統合され悪臭になりました》

「悪臭……だと……？」

カンスト後、「統合」という新しいパターンのスキル報酬がもたらされた。

要するに複数のスキルがひとまとめになったようだ。

ステータス欄から猛獣除けと害虫除けが消え、代わりに悪臭が追加されている。

しかし問題はそこではない。

「これ虫とか獣にしか認識できない匂いってことで良いんだよな？」

腕や脇の下を嗅いでみたが——臭くはない。

全身から強烈な刺激臭を放つようになるのかと心配したが問題はなさそうだ。

《河豚《ふぐ》の毒は自らには効かないそうですよ？》

「おい」

自分の体臭だから、認識できないって言いたいのか。

落ち着いて説明書きを読むと「任意で害のある生物を退ける。その臭いはあらゆる生物に嫌悪と畏怖を催させる」とあった。

「ほっ……任意系か。助かった」

《御主人様は全体的にズボラなようで変なところで神経質ですね(•ө•)》

「その顔文字はやめろ」

つか「あらゆる生物に嫌悪と畏怖を催させる」ってどんな臭いだ。

＊

「……あとはどのスキルを強化しようかな。ナイフ術とジャミングと肉体強化か」
《未習得一覧も含めれば全部で十種類あります》
「けっこうあるな」
《ちなみに少年斥候関連のスキル以外はコストが３００キロカロリー、肉体強化は更に倍かかりますので御注意ください》
「更に倍？　嘘だろ？」
肉体強化ってそんなにかかるのか。
アイコンを確認してみると確かに消費カロリーの表示が６００になっている。
《スキルのグレードが上がるに従って要求されるカロリーが増えていきます》
そりゃあないという気持ちが半分と、まあそうだよなという納得とが半分だ。
肉体強化は余剰を考えると厳しい。
「じゃあこれだな」
《ナイフ術がLv10になりました》
《以下四種類のスキルのうちひとつをアンロックしてください》

暗殺術
投擲術

護身術
抜刀術
今度は四種類のうちどれかをアンロックか。
こういうパターンもあるのね。
選択肢が多すぎると吟味するのが面倒だ。
ただ戦闘強化に繋がるスキルなので慎重に選んでおきたい。
《暗殺術を解除しました》
「これで良し」
《尚《なお》、心臓を抜き取る手刀、足運びによる残影、気配を絶つ呼吸法、などの技術は身につかないので御了承ください》
いや別に厨二《ちゅうに》的な嗜好《しこう》がうずいたから選んだとかじゃないから。
本当だから。
「……さてこんなところか」
ジャミング辺りも上げておきたかったが、残カロリーがゼロに近づいてきたので止めておくことにした。
《欲張りすぎても仕方ありません》
「だな。……じゃあもう一度昇格の選択画面を出すか」
何か変化があればいいけどな。

期待しながら、再び現れた砂時計を眺めること数十秒――

三種類の兵種が表示された。

工作員

密偵

斥候長

昇格先に微妙な変化があった。

クオヴァディスの言葉に従って、スキルを増強させせた結果が反映されたのだろう。

「斥候が斥候長になってるね」

元の斥候とどう違うのかは比較しようがなかったが、名称からして格上で間違いないだろう。

アイコンは一見変化がなかったが、よく見ると被っているヘルメットの★がひとつからふたつに増えていた。そして説明書きも「追跡、偵察のスペシャリスト」になっている。

「結果オーライだ。よし斥候長を選ぼう」

《兵種：斥候長を獲得しました》

《基本スキル、忍び足、警鐘、動体視力を獲得しました》

兵種：斥候長Lv1

状態：

余剰カロリー：3180kcal

消費カロリー：145kcal／h

スキル：
肉体強化Lv1、小休止Lv10、野鳥観察Lv10、
悪臭Lv1、ナイフ術Lv10、ジャミングLv5、
暗視Lv1、トリガーハッピーLv1、暗殺術Lv1、
忍び足Lv1、警鐘Lv1、動体視力Lv1

「ふおおおお!?　なんか……熱……いや痛い……イテテ……!?」

肉体強化を得た時に似た感覚が訪れる。

違うのは痛み——骨が軋み、肉が引き裂かれそうな感覚に襲われる。

《恐らく昇格によって身体が成長していると推察されます》

「せ……成長……何コレ痛い痛い……ギブギブ……?」

《斥候長は偵察、追跡、哨戒《しょうかい》に長けた兵種です。知覚と俊敏性が向上される恩恵《ボーナス》が与えられ……聞こえてますか?》

「ムリ……」

クオヴァディスが重要な説明をしてくれていたが、痛みで耳を傾けている余裕がない。

ガテン系のバイトに挑戦して全身筋肉痛で寝たきり状態に陥った時よりもキツかったが、数分経

つと痛みは嘘のように消えてしまった。
「ふう……ヒロイックピル手に入れとけば良かったかも」
《落ち着いたようですね》
「ああ、でもちょっと弱ったな」
斥候長になったのはいいが、肝心の銃系スキルは手に入らなかった。
当初の予定では、少年斥候を卒業して、歩兵か砲兵になるつもりだったので完全に計画が崩れてしまった。
以前のクオヴァディスの《少年斥候をカンストさせれば別の兵種を選択できる》という発言は嘘だったのか。
だが問題は直後流れてきたアナウンスによって解決した。
《昇格特典――スキル副業を獲得しました》
「副業？」
《サブ兵種を下記候補からひとつだけ選択してください》
砲兵
輜重兵
通信兵
衛生兵
歩兵

おもちゃの兵隊
以上の兵種アイコンが、一斉に表示された。

「サブ兵種？」

通常の兵種とどう違うのか仕組みが分からなかったが、これまでに獲得した兵種から取得できるのは間違いないようだ。その証拠に灰色表示ではなくなっている。

ならば為《な》すべきはひとつ。

銃系スキルが獲得できそうな兵種の選択だ。

「……の前に気になるあれだけ一応チェックしとくか」

おもちゃの兵隊――くるみ割り人形が描かれたアイコンだった。

説明書きには「幼年期の想《おも》い出《で》。忘れ去られたおもちゃ箱の兵隊」とある。なんというか意味不明さが際立っていた。

《面白そうです》

「まあ色物枠だから無視するけどね」

取得するのは歩兵か砲兵だ。

二者のうちどちらが銃スキルを持っていそうかといえば、こっちだろうな。

《サブ兵種：歩兵を獲得しました》

格闘術
《基礎スキルからいずれかひとつを獲得することができます》

射撃統制

なるほど。

サブ兵種は基礎スキルを『ひとつだけ選択』できる仕様らしい。

《基礎スキルがカンストすれば再び別の兵種を選択可能です》

二種類あるアイコンのうち、射撃統制のアイコンには拳銃マークが描かれていた。

説明書きには「効果的な射撃を行うための支援システム」とある。

まさにおあつらえ向きのスキルだ。

具体的な効果はまだ分からないが、これで素人でも銃を扱えるようになるはず。

《射撃統制を獲得しました》

「ふう……なんとか目的の銃スキルが取得できたな」

《お疲れ様でした(￣^￣)ゞ》

ひとまず生存戦略を終了させるとソファにどっかりともたれた。

えっと手に入れたスキルはなんだっけ？

斥候長のスキルが忍び足、警鐘、動体視力。

サブ兵種の射撃統制。

それから悪臭、トリガーハッピー、暗視、暗殺術も手に入れたんだったか。

全部で八つ。いや副業も含めると九つか。

これまでの進捗に比べると大躍進である。

短期間での変化が激しすぎて正直、自分でも把握しきれていなかった。
だが戦力増強が叶《かな》ったのは間違いないはず。
《次は何をしますか？》
「次は寝ます」

＊

というわけで事前に近くの廃墟を漁って見つけてきた毛布に包《くる》まって、ソファに倒れ込んだ。
「ちょっと埃臭いけど寝心地は悪くないな」
《…………》
映画をつけっぱなしにしてポテトチップスを齧《かじ》りながらウトウトするのが理想だけど、贅沢は言えない。
そういえば近くに大型書店があるのを思い出したので次の探索では是非立ち寄ろう。
《あの御主人様、まだ夕方では？》
「まあそうだね」
《こんな時間から眠るのはいかがなものでしょう》
クオヴァディスの言いたいことも分かる。
せっかく、銃スキルを手に入れたのだから拳銃の試し撃ちをする必要があった。他にも新たに手に入れたスキルは山盛りだ。名称だけで説明書きも読んでいないものもあるし、実際に使用して検証してみたりはすべきだろう。

「でもひどくくたびれてるんだ」

なんだろうね。

このまま目を閉じたらそっこう熟睡できそうだ。

《体調はどうですか？　何か違和感や不快感などはありますか？》

「いやない。むしろ気分は上々だな」

健康的なトレーニングを十分にこなした後のような心地良い充実感があった。

贅沢を言えば風呂に入りたかったけれど、そこは言っても仕方ない話だ。

《生存戦略の影響があるかもしれません》

「……確かにあるだろうな」

本来、何ヵ月もかけて身につける筋肉や技術、常識では考えられない特異な体質をここ数日で幾つも身につけてきた。タップひとつでだ。

肉体への影響がゼロのまま済むはずがない。

果たしてこの肉体改造に代償はあるのか？

このありえない強化の果てに何が待っているのか？

そんな疑問が湧いてきたりもする。

けれどそんな先のことを気にする余裕はない。細かいことを気にしていたら数秒後には死んでしまうような場面と何度も遭遇していた。

なにより今は眠くて眠くて仕方がなかった。

「というわけで明日に備えて寝ます」

《承知しました》

クオヴァディスも納得してくれたらしい。ピコピコ鳴らしていたゲームミュージックをフェードアウトさせて静かにしてくれる。

明日は明日でやることが山積みだ。

帰宅するための移動手段は勿論、食料の確保はまだまだ必要だ。

新しい兵種——斥候長の基礎スキルがどういうものかも把握しなくてはいけないし、拳銃の試し撃ちは正直ちょっと楽しみであったりもする。

「アラームセット、朝十時に起こしてね」

《畏まりました》

まだ十六時だというのに窓の向こうはやけに薄暗い。

霧が濃くなり見通しの悪さに拍車がかかっているせいだろう。

そういえば外がやけに静かだった。普段なら店長の射撃音や怪物の遠吠《とおぼ》えが聞こえてくるのだがまったくない。それがなんとなく気味悪かった。

まあいいか。こういう日は毛布を被って眠るに限る。

「おやすみクオヴァディス」

ソファに横になって毛布を被ると、睡魔が容赦なく襲いかかってきた。

《おやすみなさい御主人様、どうぞよい夢を(︶︶)》
そして僕は泥のように眠ったのだった。

＊＊＊

これは多分、夢――

いつかどこかの記憶の残滓《ざんし》だ。

僕はゆらゆらと揺れている。

生温い水溶液のなかで、はちみつ漬けのナッツみたいにたゆたっている。

そこでは何もすることがない。

何もすることができない。

ただ微睡《まどろ》みに身を委ねながら「ちょっとした昼寝」を繰り返すだけ。

「やあダーリン」

薄ぼんやりした意識のなか、円い窓の向こう側にひょっこりと誰かが現れる。

二十代前半くらいの白衣の女性だ。

胸のネームプレートは「Ｄｒ．Ｓｈｉｒａｔｏ」とある。

「いつもの三分間がやってきたよ。さてさて今日の授業は何がいいかな？」

手にしていたシーフード味のカップ麺を書類の散乱した机に置くと、首から下げた懐中時計をこちらに向けてくる。

どちら様でしたっけ？

見た覚えがあるような気もするし、まったく知らない気もする。

「そうだな、じゃあ今日は君の受けているこの臨床試験についての話をしよう。お題は時計職人《ウォッチメイカー》計画の全貌について」

彼女はそうやって一方的に語りかけてくる。

その髪は寝癖がついたままで化粧気もない。

眼鏡の向こうからのぞく眼つきはどこか拗ねているようで、口元にはシニカルな笑みが浮かんでいる。

ただその口ぶりはとても親しげで楽しげでとても初対面とは思えなかった。

「ウォッチメイカーという名称は、イギリスの進化生物学者・動物行動学者であるリチャード・ドーキンスの著書から拝借している。

そうご存知『盲目の時計職人《ブラインドウォッチメイカー》』だね」

いや、言われても存じ上げないのだけれども。

それよりもカップ麺が断然気になる。蓋の端から湯気が出ていて実に美味しそうだ。

「この試作型ウォッチメイカー（仮）の本来の用途を知る者はごく一握りだ。

実のところこいつは健康管理アプリでもなければ軍用兵器でもない」

白衣のポケットから取り出した携帯端末の画面を見せてくる。

若干デザインが違っているけれど見覚えのあるアイコン——

ウォッチメイカーって生存戦略のことか？

兵器じゃなければいったいなんだというのか？

「さて唐突に話が変わるのだけれども、
もし猿がタイプライターを打ったとして、
シェイクスピアの『ハムレット』の一節――“Methinks it is like a weasel”《おれにはイタチのようにも見えるがな》

という文字を正確に打ち出す確率はいったいどのくらいだろう？」

猿？

シェイクスピア？

「実のところ進化というものに意思の力は介在しない。

それはあくまで自然淘汰《とうた》の結果であり、まったくの偶然の産物に過ぎない。

例えばキリンは木の葉を食べたくて首を伸ばしたんじゃない。

たまたま首が長かったおかげで木の葉を食べ続けることができたから生き延びたのがキリンなんだ。分かるかな？」

自然淘汰？

キリン？

頭もぼんやりするし、話が小難しくてよく分からない。

断言できるのは、僕はカップヌードルは断然シーフード派だということだけだ。

「つまりね。進化とは盲目の時計職人が作り出す時計のようなものだってこと。

人類が今この地球上に存在して我が物顔で振舞っているのは、まったくの偶然が積み重なったからでしかない。

人類のたゆまぬ歩み？　叡智《えいち》の賜物《たまもの》？　ちゃんちゃらオカシイね。

ヒトという猿はこれまで偶然『正しい文章』を打ってきた。

だから生きてこられたんだ。

だけどいつかはタイプミスをするだろう。

正しい進化ができないまま人類は終焉《しゅうえん》を迎えるはずだ。

それはいつか？

千年後かもしれないし十年後かもしれない。明日だってこともありえるはずだ。

お偉方はそいつが不安でガクブルなのさ」

偉い人は馬鹿だな。

僕はそんなこと、気にせずいつでもたくさん食べられるし、いつでも昼寝ができる。

今も目の前のカップラーメンが食べたくて仕方がないし、またうとうと眠くなってきている。

「だからちゃんとした時計職人を用意しよう。正しい進化をコントロールしよう。

……ってのがこのウォッチメイカーの用途であり、計画の趣旨なんだな。

分かったかなダーリン？

……よし三分経ったみたいだ。今日の授業は終わりっ！」

彼女は懐中時計をしまうと、待ち兼ねたようにカップ麵の蓋を取り、食事を開始する。

「いやはや業の深い話だね！　まったく……ずずっ……人類なんか！　……ずずっ……さっさと滅びちゃえばいいのにさ！」

ああ、ラーメンがとても美味しそうだ。

でも眠い……。

とても眠い……。

＊＊＊

《■■■■■を獲得しました》

＊

【ＴＩＰＳ】
暗視：
涙腺から赤外線を認識させる涙を分泌させ、網膜の視細胞上に一時的な薄い層を形成させ、暗闇を見通す。

サブ兵種‥
兵種を選択して基礎スキルを『ひとつだけ』獲得できる。
基礎スキルがカンストすれば再び別の兵種を選択可能。
制約は下記。
①兵種の恩恵は得られない。
②昇格はしない。
③一度獲得した兵種は抹消される。

5. ▼▼ メトロの奥には何がありますか？

《御主人様？》
「うう……シーフード味……」
《御主人様？》
「うへへ……いただきまー……」
《(￣◡￣)ɑ凸ジリリリリリリ!!》
「……ふがっ!?」
無慈悲な非常ベルによって叩《たた》き起《お》こされた時、コンビニの外はまだ暗かった。
「クオヴァディス……なんで起こすんだ？」
《お休みのところ申し訳ありませんが非常事態のようです》
ソファから立ち上がって、伸びをすると秒で冴えてくる。
小休止のスキルのおかげだ。相変わらずのコーヒー要らずっぷりだが、もう二度寝はできそうにない。
「非常事態？」
確かに何か様子がおかしい。

外の方から獣の遠吠えや鳴き声が聞こえてくる。
窓の向こうは真っ暗で見えなかったが、物々しい雰囲気は伝わってきていた。
「ここからじゃ確認しようがないな。勤務中の外出は厳禁だったよな」
契約上、勤務時間内に敷地《しきち》から出ると『処分』されるはずだった。
《敷地内の移動なら問題ないと思います》
「敷地内？」
《このコンビニがおさまった雑居ビルは敷地内です》
なるほど。
早速バックヤードからビルの共有フロアに出ると非常階段を上った。
最上階の扉から屋上に出る。
錆だらけのフェンスまでやってくると、夜に沈んだ真っ暗な池袋が一望できた。
下界を無数の何かが蠢いていたが、暗すぎてよく見えない。
「……暗視を上げよう」
《暗視がLv２になりました》
《暗視がLv３になりました》
夜に溶けて曖昧だった周辺ビルの輪郭がはっきりとし始めた。
視線を下方に向けると何かが争っている様子が見えてきた。
建物の裏側——駅ロータリー周辺で怪物たちがぶつかり合っている。

《ふたつの派閥に分かれているようです》
「片方は唐獅子で……もう片方は入道蜘蛛のようだな」
どちらの陣営も百匹以上いる。人間大もしくは大型動物並みの犬と蜘蛛が、模様の違う亜種も交えて総力戦を繰り広げていた。
「入道蜘蛛は暗くなると地上に這《は》い出《で》てこれるんだなー……」
《まるで戦争です》
「軍配は蜘蛛に上がりそうだな」
個々の戦闘力では唐獅子が優《まさ》っていた。
けれど蜘蛛は数で圧している。倒れても倒れても地下出入口から続々と援軍を排出している。
更に一匹を複数匹で取り囲み、糸を放射し拘束、動きを鈍らせ噛みつくという集団戦法を確立させていた。案外、賢いな。
「そもそも何故戦っているんだ？」
《縄張り争いでしょうか》
「太陽嫌いの蜘蛛が地上を欲しがるとは思えないけどな」
《ならば繁殖期かもしれません》
「繁殖期」
《申し訳ありません。御主人には縁のない言葉でした。繁殖期とは——》
うるさい。説明はいらん。

《子作りには多くのカロリーを必要とします。そのための狩りではないかと推測します》

「どっちが繁殖期なのかは知らんけど、互いが互いの捕食対象であるのは間違いないみたいだな」

注意して観察していると、あちこちでそれを裏付ける様子が散見された。

倒した蜘蛛を貪る唐獅子がいる一方で、糸でグルグルに拘束した唐獅子を地下に運ぼうとする蜘蛛もいた。

「みんなお腹減ってるんだなあ……」

コンビニで遭遇した唐獅子も共食いしようとしていたし、野生は過酷だ。

しばらくミネラルウォーターを呷《あお》りながらぼんやりと戦場を眺めていた。

完全に対岸の火事のつもりでいたのだ。

グルルルルヴォウッヴォウッ。

ギイイイイオオギイイイオオオオ。

「おお……これは近いな」

《真下です》

柵越しに覗くと店の前で蜘蛛数匹と唐獅子一匹が暴れていた。

糸まみれになった唐獅子が、正面にいた蜘蛛に向かって突進、雑居ビルの壁に激突している。

「おいおい、うちの敷地で何やってんだ」

《何かの拍子に店内に入ってきてもおかしくない状況です》

「これは店長案件では？　ゴリラアーマーはどこに？」

《まだ「清掃」から戻ってきていません》
「そんな遠くには行ってないはず……」
あれだ。
コンビニの通りから少し離れた十字路で店長の姿を見つけた。
大入道蜘蛛相手にガトリング銃を容赦なくぶっ放し、大立ち回りを繰り広げていた。
周囲にある唐獅子や蜘蛛の死骸を見る限り、目につくものを無差別に「清掃」しているようだ。
「キルユードローンは一匹も見当たらないな」
《すでに全滅したと考えるべきかもしれません……おやメールが入りました》
着信音と共に、端末画面に文章が表示された。
差出人：ALWAYS池袋店　店長
宛先：社畜様
件名：業務命令
「店長から？　件名からして嫌な予感しかしない」
《至急「清掃活動」に参加するようにとのお達しです》
「これは……落ちてる空き缶を半透明のポリ袋に詰め込めばいいのかな？」
《最低ノルマは百匹以上とあります》
「おかしいな。空き缶の数え方が間違っている」
《参加報酬が書いてあります》

・昇進（見習いから正規スタッフへの採用）
・昇給（時給十円アップ）

本当にどう突っ込んでいいのか分からない。

生死を賭けた業務の報酬が時給十円アップとかありえない。

そもそも今の今まで正規のアルバイトじゃなかったことに驚かされた。

試用期間だったのだろうか。

目の前に広がる夜景もビックリするくらいのブラックな会社だ。

従業員を戦地に向かわせるコンビニがどこの世界にあるのだろうか。

《更に追加条件を達成した場合、成功報酬《ボーナス》として更なる昇進と昇給が与えられるようです》

「追加条件って何？」

《二つあります。まずエリアマネージャの救助》

「エリアマネージャって誰？」

《恐らくですが交差点で遭遇したドローンでしょう》

「あれが⁉　エリアマネージャだったの⁉」

キルユードローンに個体差があるのかすら怪しいのに、役職付きとは生意気な。

おまけにゴリラアーマー店長よりも遥かに格上とかどうかしている。

「もうひとつは？」

《女王蜘蛛アトラク＝ナクアの討伐とあります》

「何その強そうな名前……女王蜘蛛って完全にボス級じゃん」

《どうしますか？》

「マネージャとボス？」

《いえ清掃活動の方です》

「店長を助けに行きたい気持ちはあるけど……どうみても勝ち目ゼロだな」

生存戦略で鍛えまくってはみたものの、あのなかに交じって大立ち回りをする気にはなれない。

店長のフレンドリーファイアを喰らって死ぬのがオチだ。

《尚、ノルマ未達成の者は『処分』とあります(ー_ー;)》

店長は未《いま》だにガトリング銃で大蜘蛛と交戦中だ。

見た目通りのタフさで相手の攻撃をものともしていない。

あれとは極力敵対したくない。でもこのまま逃亡したら地の果てまで追いかけ回されそうだ。

「あ」

《あ》

大入道蜘蛛がふいにブレスの如《ごと》く大量の糸を吐き出した。

搦《から》め取《と》られて身動きが次第にぎこちなくなるゴリラアーマー店長。ガトリング銃が明後日《あさって》の方向に向いた隙を狙って、別の蜘蛛たちが群がっていく。

そしてついに――

《店長、完全に沈黙しました(;_;)》

「これはまずい……」

店長が倒れてしまった時点でここはもう安全圏ではない。

こうなったら拠点を放棄するより他ない。

すでに荷造りは済ませていた。背負っているバックパックのまま出発できる。

「よし夜逃げ決行！」

《とんずらΣΣΣ≡┏|^_^|┛》

僕は清掃活動をサボって、池袋から去ることにした。

*

「……どうだ？」
《敵の気配はありません》
屋上から外付けの非常階段を降りて裏の通りに出る。
左右を見回した。見渡す限り敵影はない。
《どちらへ向かいますか》
「当然、さいたま市方面」
《自宅ですね。駅を迂回するルートを検索します》
ナビに従って歩を進めようとすると――
リンゴンリンゴン♪

どこからともなく鐘の音が聞こえてきたので立ち止まる。

クオヴァディスが鳴らしたのかと思ったが、違う。

「なんだろう、この骨伝導でベルが鳴ってる感覚？」

《スキルの警鐘が反応しています》

「それ斥候長の基礎スキルだっけ？」

《意識に上がらない五感情報から危険を察知し、報《しら》せてくれます》

簡単に言うと「問題があるから立ち止まり警戒しろ」らしい。

……あれか。

進行方向すぐ手前にキラキラした細い何かが存在している。

線のようなものだ。大通りを横断するように張られていた。

「糸？」

触れる代わりにセラミックナイフの刃を当てると――強い手応えがあった。

ピアノ線みたいな強靱《きょうじん》さで簡単に断ち切れない。

「ワイヤートラップってヤツか、気づかず走り抜けたら大怪我だな」

《目の前だけではありません》

クオヴァディスから促され、見る。通りの奥に幾つものキラキラ。

罠はあちこちに張り巡らされていた。

進むには一々掻い潜っていく必要があるようだ。

《上を御覧ください》

「上？」

言われるままに見上げると、何かが宙を浮いていた。

唐獅子が数匹、ビルの三階くらいの高さまで釣り上げられていた。糸に搦め取られているようだ。

死んでいるのかと思ったが、違う。

強化された視力が、どの唐獅子もわずかに筋肉を痙攣させているのをとらえた。

《神経毒か何かで麻痺していますね》

「つまりは――!?」

再び警鐘――バックステップ。

一秒前にいた場所にサッと何かが現れる。

避けるのには成功したがすぐに見失った。

鋭い爪を振る怪物――離れるのが少し遅かったら餌食になっていた。

「どこだ!?」

《右手ビル二階です》

漫画喫茶の看板のあるビル壁に蜘蛛の怪物が張り付いている。

入道蜘蛛と大差ない大きさだったが、赤く光る眼がふたつと背中に「門」の文字に似た模様があった。

《門《もん》ヶ前《がまえ》と命名しましょう》

「あっはい（名前とかどうでもいいです）」

門ヶ前さんはフシューフシュー言いながら、節くれだった前脚の爪先から針に似た突起を出し入れしている。

再び警鐘――あの針から物騒な雰囲気がひしひしと伝わってくる。

あれに唐獅子たちを無力化させた神経毒とやらが仕込んであるようだ。

「強靱な糸と毒爪……とても多彩ですね」

《どうしますか？》

「作戦名『いのちをだいじに』！」

ワイヤートラップのない方向に猛ダッシュで逃げた。

駅に近づくルートになるが主戦場のロータリーにさえ出なければ何も問題ないはず。

それにしても妙に足運びがスムーズだ。

フットワークが軽くなった。だけでなく、ごく自然に靴音を立てずに走っていた。

《忍び足のスキルです。特殊な歩法とそれを行使する脚力を得ることができます》

「ほう」

《使いこなせば足指で突起を摑んで壁も上れるでしょう》

「壁歩きって忍び足と関係なくない？」

《スニークウォークではなくニンジャウォークなのです》

「なるほど……」

《門ヶ前が壁を這って追いかけてきます》

狭い通りを縫うように逃げる。逃げる。ひたすら逃げる。

戦ったところで何を得られる？

戦わない方がお腹は減らないし怪我の危険もないし良いことずくめだ。

「うわ……この通りにもワイヤートラップかよ」

《あちこちに罠を仕掛けているようです(￣Д￣;)》

だが状況が芳しくない。

行く先々で蜘蛛の糸による通行止めを喰らい、進路変更を余儀なくされた。

そしてその度にビル壁に張り付いた蜘蛛と遭遇する。

「追手が増えてきた。どこに逃げればいい？」

「…………」

手近なビルに逃げ込もうとしたら念入りにそこまで封鎖されていた。

この調子だとワイヤートラップは駅周辺を囲うようにして張られている可能性が高い。唐獅子を残らず狩り尽くすつもりなのだ。

だとすれば逃げ回りながら、包囲網を掻い潜れそうな穴を探すのは困難だ。

「腹をくくって交戦するしかないか」

《……私に考えがあります》

「じゃあ任せる」

《このまままっすぐ十五メートルです》

「いや、だからそっちはロータリーだろ？」

ビルの谷間を抜けると、案の定ペットショップのような騒々しさが待っていた。

犬と蜘蛛に似た怪物たちが駅前に溢《あふ》れかえっている。じゃれあうように互いを襲い、血肉骨腸を振《ふ》り撒《ま》いて、まるで地獄絵図だ。

「考えってまさか」

《その通りです。……あと五メートル》

僕は覚悟を決めると、フードをかぶった。

迷彩コートが束《つか》の間《ま》だけ与えてくれる素晴らしい機能を信頼して、乱闘騒ぎのなかに紛れ込む。

そして見えてきた地下出入口に向かって全速力で滑り込んだ。

*

《暗視がLv４になりました》

階段を転がるように降りると、すぐ暗視のレベルを上げて周囲を警戒した。

地下が蜘蛛の根城だ。入った途端、蜘蛛の群れとの殺し合いになる可能性も覚悟していた。

だが見渡す限り、怪物たちの姿はない。

地上の争いが嘘のように辺りはガランとして静まり返っていた。

まさかのお留守。蜘蛛たちは残らず地上の戦場に駆り出されているようだ。

「それにしても昨日コンビニで荷物の整理とスキルの強化していてよかったな」

《あれがなければこの数分で何度死んでいたか分かりませんね》

「問題はここから……」

警鐘だ。

耳鳴りのような音に身構えると——地下鉄改札方面から騒々しい音が響いてくる。

わさわさと現れたのは入道蜘蛛たち総勢九匹。

更には遅れて大入道蜘蛛ものっそのっそとやってくる。

「…………」

《(・_・;)》

こちらの物音を聞きつけたのかと身を潜めていたが、彼らはそのまま別の階段で地上に向かっていった。

《増援部隊だったみたいですね》

「正直ビビった」

《今のうちに地下通路を通り抜けて駅の反対口に出るルートをお勧めします》

無謀な提案だ。

だが地上に戻ってあの修羅場を切り抜けるよりはいくらかはマシなアイデアでもある。

端末に表示された経路図を確認してみる。

「この距離なら走り抜ければ数分か……さっさと池袋からオサラバするか」
《オサラバ(^^)/~~~》
この調子でいけばアッサリ線路の向こう側に出られるはずだ。

＊

……などと思っていたが現実は甘くはなかった。

「通れないじゃーん……嘘だろー……」

《オサラバできません(T-T)》

蜘蛛との遭遇はなかった。

だが、地下脱出も一向に進まなかった。

あちこちで天井が崩落し、瓦礫が通路を塞いでいるせいだ。おかげで南北二ヵ所の出口、商業施設経由のルート、どれもが通り抜けできない。

《ＪＲのホームから地上に出ましょう》

「それな」

線路はきっと安全地帯だ。

戦場と化した東口ロータリーとの間には巨大な駅舎が横たわっているから、抗争に巻き込まれる心配がない。

だがＪＲの中央改札口まで戻ってくると——警鐘。

地面が微かに揺れている。

見回すと構内の奥で巨大な何かが闊歩していた。

長く頑強そうな十本脚を窮屈そうに屈《かが》め、ゆっくりと移動するタカアシガニ似の大蜘蛛だった。

天井すれすれの高さにある三ツ眼。そこからサーチライトを照射して辺りをキョロキョロ見回している。

「ひえ……何あのゴツいの」

《見廻《まわ》り専門の蜘蛛のようですね》

多少距離もあるし、こちらに気づいている気配はない。

今のうちにと改札を潜り抜けようとしたが——再び警鐘。

いつもより強めに鳴り響いている。まるで「旦那、やばい相手だから注意した方がいいですぜ」と告げているようだ。

「見つかると厄介だな」

《ですです》

迷彩コートを起動させて一気に駆け抜けたいところだが、クールタイムの十五分まではしばらくかかりそうだ。

でも手に入れてよかったなコレ。

怪物相手にどこまで通用しているか不明だが、着ているだけで安心感が得られる。

《あの膜のようなものはなんでしょう？》

最短距離にある山手線《やまのてせん》ホームの階段が何かおかしなもので覆われていた。

膜——近づいてみると糸を幾重にも張り巡らせて施したものだった。

覆いをすることで陽光が差し込まないようにしているらしく、反対回りのホームに通じる階段にも同じ膜が張られている。

仕方なく試しにナイフで裂こうとしたが硬く、刃がなかなか通らない。

「クソっ……破るのは難しそうだな」

時間をかければ通り抜けできそうな隙間くらい作れるだろう。だが悠長にはしていられない。

巡回中のタカアシガニに発見されるかもしれないし、地上の蜘蛛たちが戻ってくるかもしれないからだ。

「他の路線に繋がる階段も塞がれてそうだし、どうするかな。……これ以上、行くところなんかないぞ」

《更に地下に潜るのはいかがですか？》

「ここより地下？」

《地下鉄《メトロ》です。線路を歩けば別の駅に出られます》

「…………」

正気か？

簡単に言うけど地下鉄なんて蜘蛛の本丸じゃないのか？

下手をするとロータリー以上に、蜘蛛がうじゃうじゃいる可能性もある。

《このまま地上に戻っても状況は変わらないのでは？》
「いや……うーん」
《ところで重要なお知らせが二つあります》
「ん？」
《巡回中のあの蜘蛛を手《て》長《なが》足《あし》長《なが》と命名しました》
「へえ、もうひとつは？」
《手長足長がこちらに気づいたようです》
「クオヴァディス、地下鉄ルート！」
《ラジャーです(^^)>》
はいじゃあ見つかってしまったので早速、逃げたいと思います。
背中に光を浴びながら、端末が教えてくれる地下鉄ルートに向かって全速力で移動を開始した。

＊

東京メトロ丸ノ内線の改札を乗り越え、階段を転がるように移動する。

ちなみに副都心線ルートと有楽町線ルートは却下した。

前者は地下一階からの経路が瓦礫で塞がっているから、そして後者は増援部隊が這い出てきたのを目撃しているからだ。

ホームに降り立ち周囲を警戒するが蜘蛛の姿はどこにもない。

《柱などの障害物が多い地形なので慎重に進んでください》

「オーケー」

ホームドアを乗り越えて線路に着地——膝下までが水に漬かった。

構わず荻窪《おぎくぼ》方面に向かうトンネルを進んでいくが、途中から傾斜になっているせいで次第に水位が上がっていく。

「うぐ……このままだと泳ぐ羽目になるな」

《それどころか潜水の必要があるかもしれません》

「引き返すか」

《後ろから手長足長がきます》

「……ですか」

トンネルの向こうから三ツ眼のサーチライトがまっすぐこちらに近づいてきていた。

追い詰められてしまった以上、逃げ場はない。

強制戦闘ってやつだ。

所詮この世はクソゲーだな。

未練なんか何もないので死ぬ時はサクッと死にたい。心臓を一突きか、一瞬で首を刎《は》ねられるのが理想だ。

まあだからって何もせずに死ぬつもりはないけど。

せっかく拳銃手に入れたわけだし、ある程度抵抗はしてやるけどね。

「……せめて試し撃ちくらいはしておくべきだったな」

《射撃統制がLv２になりました》

《射撃演算システムが起動しました》

アナウンスが流れた瞬間――

「視界に文字が？」

視界いっぱいにスクロールする赤色の小さな文字と数字と記号の羅列。

射撃回数、命中率、弾種、射程距離、気圧、気温、横風風速……。

ナニコレ？

「ちょっクオヴァディスさん、情報量多すぎで酔う」

《射撃回数が増えるごとに経験値《データ》が蓄積されていきます》

「何ができるの？」

《今のところは役に立ちません٩(^ ^)》

「サヨウナラ」

羽虫を追い払うようにスワイプすると、どこかに引っ込んでしまった。

なんなのあれ。

《射撃統制がLv３になりました》

《標的と残弾が可視化されます》

うん、また視界の端に何かが出てるね。

これ必要？

「そもそもこの文字どうやって見せて――」

《来ます》

猛烈な勢いで向かってくる三ツ眼に銃口を向ける――『手長足長』の文字。

覚悟を決めると、人差し指に力を込めた。

強い音と手応えが全身を通過――アスファルトに鉄鋲《てつびょう》を打ち込んだみたいだ。

「当たっ……た……!?」

《命中したようです》

「火薬類取締《とりしまり》法と銃刀法に違反した甲斐があったな」

《ところで残念なお知らせがあります》

「おう？」

《命中したのにまるで効いてません》

「おう」

手長足長蜘蛛は立ち止まったが、しばらくして再びずんずん前に進み出てくる。

重機みたいなその巨体が迫るのは恐怖しかない。

「喰らえ喰らえ!!」

《((コ ・-・)コココ》

叫びたくなるのをグッと堪えて、射撃射撃射撃射撃。
弾が尽きた瞬間、ごく自然な動作で弾倉を交換している自分がいる。
射撃統制の恩恵のようだ。獲得時点（Lv１）で拳銃の基本的な知識と動作が身についたらしい。
「問題は手長足長の装甲の硬さだな」
《眼に当てるとわずかに怯《ひる》むようです》
「狙いたいけど難しいんだよ」
《射撃統制を強化してみましょう。何かヒントが得られるかもしれません》
本当だろうな。さっきから視界の邪魔しかしてないぞ。
苦労して手に入れたスキルなので、欲を言えばもう少し実用的な機能が欲しい。
《射撃統制がLv４になりました》
《標的との距離と命中率が可視化されます》
「便利だけどどうでもいいです」
《射撃統制がLv５になりました》
《設定管理《コンフィグ》が追加されました。フォントサイズや色を――》
「そんな余裕ありません」
《射撃統制がLv６になりました》
駄目元で射撃統制を強化し続けていると――足元に赤い点が現れる。
《照準点《ドット》が追加されました》

「こういうの欲しかった‼」

天井や足元の瓦礫に向けてみると、なぞるように赤い点《ドット》が移動する。

おかげで狙った場所にガンガン命中するようになった。

標的：手長足長蜘蛛（A）
距離：3・4m
命中率：94%
残弾：iiiii／304

いつの間にか視界も賑《にぎ》やかになって俄かにガンシューティングの様相を呈してきた。

「i」マークはマガジン内の残弾数かな。

「ゲーセンぽくてちょっと面白い」

手長足長蜘蛛の正面の目玉を弾丸で三発殴打。

命中の度に脚を止めて悶《もだ》え苦しむが、しばらく経つとまた前進してくる。

前脚を腕のように掲げ――ダンッ‼　ダンッ‼　ダンッ‼

「うわっ！　やばっ！　しぬっ⁉」

連続で上方から殴ってくるが、横に躱してなんとか回避。

肝が冷えた。これ喰らったらたん瘤《こぶ》できるだけでは済まないぞ。

一瞬だけ楽しい気分になっていたけど基本的なことを失念していた。

「これ一撃でも受けたらゲームオーバーじゃないか」

ジャンル死に覚えゲー、但しライフは1、残機ゼロ、ノーコンテニューで難易度はウルトラハードモード一択のみ。

これなんてクソゲーですか？

「ああもういい加減、ダメージ通って‼　お願いっ‼」

《神様お願い(·pq·)》

祈るような気持ちで更に弾丸を叩《たた》き込《こ》み——

十発程喰らわせた後で望みは届いた。

ウギギギイイイイインンンンンンン！

手長足長は目玉に亀裂が走ると、蟬《せみ》に似た奇声を上げ始めた。更にはサーチライトを明滅させながら地団駄を踏み出す。

その姿はまるでお菓子売り場で駄々をこねる子供だった。

「な……何やってんの？」

《恐らくは警報《アラート》です。近くにいる仲間を呼んでいるかと思われます》

「それまずくないか？」

《攻撃を止めた……今のうちに移動しましょう》

「泳いで？」

《一旦丸ノ内線のホームに戻ります》

手長足長は喧《やかま》しく暴れているだけでこちらを攻撃してくる意思はない。

すでに戦意喪失したらしい。

ただそれでもジタバタ暴れていること自体が十分に脅威なので、慎重に避ける。

「反対方面の線路に出るの？」

《丸ノ内線は池袋が始発なので線路はありませんが、代わりに副都心線のホームに出られます》

「分かった」

ホームに戻っても手長足長の泣き喚《わめ》きは続いていたが、他の蜘蛛が集まってくる様子はない。

クオヴァディスに案内されながらホームの奥まった場所へと進んでいく。

「……蜘蛛の姿はなし。警鐘の反応もなし」

壁や床のあちこちが蜘蛛糸によって装飾され、床には汚物や食いさしの死骸が転がっている。

通路の奥に進めば進むほどに地下特有のすえた臭いに拍車がかかっているのは、紛れもなくこれら残骸のせいだろう。

だが――

肝心の蜘蛛たちの姿はどこにもない。

あの手長足長を除いて、本当に地上に出払っているようだ。

《ここを降りれば副都心線です。ここからなら環状線の外にも出られます》

「……更に下るのか」

下り階段の入口にある「副都心線　のりば←」という電光掲示板が寿命間近なのかちかちか点滅している。

何かに誘われているようで気味が悪い。

真綿で首を絞められているというか、ドツボにはまっている気がしないでもない。

《どうしますか？》

「………………」

引き返すなら今だ。

だが新しく手に入れた銃スキルの射撃統制はわりと使えそうだ。

最大強化したナイフ術や暗殺術も控えている。

いざとなれば余剰カロリーも残ってるし備蓄の缶詰もあるから、肉体強化などのスキルを鍛えることもできるはず。

罠があろうが、これなら副都心線を強行突破できそうだ。

「行こう」

階段と成り果てたエスカレーターを一段一段慎重に降りていく。

何かが出てきそうな気配はなかったが一向に底が見えてこない。

過去に利用した際にはここまで長くなかったはずだが……。

遠くからは未だに手長足長が流し続ける警報が聞こえてきていたが、新手の蜘蛛が待ち構えている気配も、追ってくる足音もない。

何百段降り続けたか分からなくなってきた頃、ふいに階段が終わった。

そして現れたのは——目の前に聳《そび》え立《た》つピンクの壁。

「……なんだ？」

近づくと非常に細かい柄が織り込まれており、触れると手応えがない。

布だ。

緞帳《どんちょう》のように垂れ下がるシルクのカーテンだった。

場違いというか唐突というか、何故こんな場所に？

《ホームはこの先のはず……》

「カーテンから何か聞こえてくるな」

誰かが喋っている。いや歌っているようにも聞こえる。

何があるのか確かめるべく恐る恐るカーテンを捲《めく》ると——

再び現れるピンクのカーテン。

それを掻い潜るとまたしてもカーテン。

幾重にも覆われた分厚い絹の迷路を奥へ奥へと進んでいくと——

「おいおい、副都心線のホームがあるんじゃなかったのか？」

《です(・Θ・;)ウーム》

端末の現在地は確かに副都心線のホームだ。

だが肝心の乗り場も鉄道もどこにも見当たらない。

代わりにあるのはピンクの天幕に覆われた広々した空間だ。

まるでサーカステントのようだが客席はなく、曲芸用一輪車も火の輪を潜るライオンもお手玉をするピエロもいない。

あるのは中央に積まれた山のような何かだけ。

それは黒く変色した塵をうずたかく積んでできており、周囲に無数の蠅が集っていた。

「うおえっ……このひどい臭い……あの塵山からか……？」

《死臭です(・ｍ・)》

堆積する塵のひとつひとつをよく見るとそれらは怪物《クリーチャー》――唐獅子たちの死骸だった。

喉元を裂かれたもの。蜘蛛糸によって窒息したもの。脇腹を臓物ごと齧り取られたもの。

見慣れない形状の怪物も少数交じっていたが、どれも蜘蛛と争った形跡がある。

【(あらあら、ようこそ、こんにちは)】

子供の声のような、鳥の囀《さえず》りのようなものが聞こえて、見上げる。

死骸の頂き――その更に上方に蜘蛛の巣が張られていた。

綱のように太い糸によって構成された巨大な幾何学模様。

そのなかで蠢いている一匹の奇妙な怪物。

ピンクのテトラポッドに似た非生物的な形状の軀《からだ》に、黒のマダラ模様の六本脚を生やした異形の蜘蛛。

それは二本の前脚で何かを編むような仕草をしていたが、ふいに八ツの紅玉のような単眼をキョロキョロと動かし、こちらを一瞥《いちべつ》してくる。

【(おいしそうな、あなたは、だあれ？)】

「！」

警鐘が今更になってガンガン鳴り始めている。

「洒落《しゃれ》にならんので早く逃げなあかん」と告げているが、そんなことは百も承知だった。

あれはやばい。

これまで遭遇したどの蜘蛛よりも——大入道蜘蛛や門ヶ前さん、手長足長蜘蛛などよりも遥かに危険な存在だ。

「クオヴァディス、あの蜘蛛は……」

《恐らくは女王蜘蛛——アトラク＝ナクアですね？！》

6. ▼▼ カロリーは正義です

「えーと何か場所を間違えたみたいだなクオヴァディス？」

《そのようですね御主人様》

僕はそろそろと後ずさりする。

女王蜘蛛は八ツの単眼をじっとこちらに向けたままだ。

だが巣から下りてくる様子はない。

何かを編むような作業を続けたまま、後ろ脚では死骸の山から唐獅子を摘み、バリバリ咀嚼し始めた。

よし、この隙に逃げよう。

シルクカーテンの切れ間に身体をさっと滑り込ませた。

大急ぎで重く柔らかな手触りの生地でできたジャングルをかき分けていく。

「副都心線も見つからないし地下鉄ルートは諦めよう」

《三十六計逃げるに如かずです》

趣味の悪いカーテンを何枚も潜り抜けるとようやく視界が開ける。

そしてそこに現れたのは――

山積みにされた唐獅子たちの屍。
天井に蔓延る、白い幾何学模様。
そして子供のキャッキャという嬌声《きょうせい》に似た囀りをする女王蜘蛛。
【(おかえりなさい)】
「ちょっ……どうなって……る……？」
《(ﾟДﾟ)……(PДq)ｺﾞｼｺﾞｼ(ﾟДﾟ;)……!?》
ありえない。
まっすぐ進んだはずなのに元の場所に戻ってしまった。
慌てて、カーテンに引き返し――
「何故またここに出るんだ!?」
《分かりません!?》
何度、繰り返しても天幕の外に出られなかった。
進行方向はひたすらまっすぐだ。
目の前に垂れ下がるピンク色の幕を掻い潜るだけ。
それなのに何故この奇妙なサーカステントから出られないのか。
【(にんぎょうげきがおわるまで、かあてんは、あがらないよ?・)】
「クオヴァディスさん、丸ノ内線まで案内」
《現在位置がロストしています(ﾟДﾟ;iiii)》

「ふぁっつ⁉」

【（ゆっくり、たのしんでいってね）】

女王が短く鳴いた。

すると彼女の御膳――骸の山の裾野からモゾモゾと何かが動き出した。

現れたのは一匹の犬に似た怪物だ。

「唐獅子？」

前脚の先が欠けたその個体は、まだ生きていたらしい。

グルルルと敵意を剝き出しにしながら、ひょこひょこと脚を引きずるようにして向かってくる。

悪いけど相手にしている暇はない。

ヘッドショットが決まり、唐獅子はその場に伏した。

《またきます》

「…………」

骸の山から更に二匹が起き上がり、近づいてくる。

下顎のえぐれたのと、両眼がえぐられたの――どちらも動きが鈍く、殺すの自体は容易かった。

問題はその後である。

「ありえん」

《確実に止めを刺したはずです》

葬ったはずの三匹が起き上がってきたのだ。

脳漿《のうしょう》を飛び散らしたゾンビ犬三匹が不自然な動きで向かってくる。
《この光景はホラーです、:》
「ホラーっていうかテラーだろ!!　生存戦略!!」
《射撃統制がLv7になりました》
《弾丸の軌道予測が追加されます》
頭を潰してもまだ動くなら、別の場所を潰せばいい。
三匹の両前脚を撃ち抜いてやった。
それでも這《は》い進《すす》もうとしてきたので、更に何発か撃ち込むとようやく動かなくなった。
安心したのも束の間、死骸置き場がまたもぞもぞ動き出した。
《またお友達が増えたようです》
「見れば分かるけどもさ」
今度のは両眼をぶら下げたのと、内臓をぶら下げた身嗜《みだしな》みの悪いコンビだ。
これは悪夢だろうか?
《アフリカなどにいるエメラルドゴキブリバチはゴキブリに化学物質を注入して、意のままに操ることができるそうです》
「何そのキモ昆虫。……つまり女王蜘蛛が操ってるぽい?」
《その可能性が非常に高いです》
仮にそうだとしてどういう原理だ。

その化学物質とやらは脳漿をぶちまけても死なない効果があるのか。
そんなことを考えているうちに死骸の置き場から更に二匹送り込まれてきた。
いい加減、うんざりなんですが。

*
《射撃統制がLv8になりました》
《射撃技能が第二級《セカンダリー》に向上します》
「……よし」
アナウンスと同時に、拳銃がしっくりと馴染んでくる。
牙を剝《む》いて襲ってくる唐獅子を片付けてから、背後に迫ってきたもう一匹も捌く。
さっきまで安全装置の場所も分からない素人だったのに、長年愛用する商売道具のような、あるいは身体の一部のような感覚で使いこなせていた。
「射撃統制は、初心者用詰め合わせパックみたいなスキルだな」
複数の機能が詰め込まれていて正直使い勝手の落差が大きい。
標的名とか命中率などの情報表示系は、正直視界がごちゃつくだけなのでハズレだろう。
こういう自動的に腕前が上がる技能向上系が非常にありがたい。
《射撃統制がLv9になりました》
《射撃補正が追加されます》

これも技能向上系の機能らしい。

勝手に手首が動いた。

動く標的に対して微妙な調整が入り、射撃精度が向上するらしい。

というわけで脳天、左眼、脳天、口蓋、脳天。脳天、喉元、脳天。

飛び交う注文にワンオペで対応する熟練のラーメン屋店主になった気分で、ゾンビ犬どもに鉛玉をぶち込んでいく——

「だいぶ減ったか?」

《ひいふうみい……いつの間にか八頭になっています》

「うーん、射撃の腕が上がっても一向に仕事が楽にならない」

片っ端からゾンビ犬を再起不能にしてもきりがなかった。

それを上回る速度で、新手が追加投入されるせいだ。

更に斃《たお》しても何事もなかったかのように起き上がる連中もおり——

ジワリと増えて総勢十頭になった。

「あのメガ盛りラーメンみたいな山を平らげんと駄目なやつ?」

《チェーンソーでバラバラにしないと片付けようがありませんね》

辛うじて凌げてはいるが、かなりギリギリの状況だ。

これ以上増えたら、キャパオーバーして捌き切れなくなる。

そのうち弾丸か体力が尽きてもゲームオーバー確定だ。

問題は、そうであるにもかかわらず終わりが見えないことだ。

延々と大量の雑務を繰り返すだけで、根本的な解決策が見つからない。

《やはり女王蜘蛛を倒すのが手っ取り早い方法です》

「…………」

駄目元で銃口を上方へ向ける。

実は暇さえあれば試しているのだが——直前で弾《はじ》かれるのだ。

今も、着弾と同時に出現した黒のレースカーテンに防がれたばかりだ。

「駄目だな」

《(-_-;)》

【(くすくす、そんなもので、やぶれるわけないのにね)】

黒いカーテンは再びその色を失いどこかに消えてしまう。

いや正確にはそこに在るのだろう。

元々の透明な糸に戻っただけだ。

女王蜘蛛を守るように吊るされたそのカーテンは強い衝撃を与えた一瞬だけ姿を現すらしい。

女王蜘蛛本体を叩《たた》けば、この状況を解決できるはずと思っているが、何度やってもあれに防がれてしまっていた。

狡《ずる》くないか。どうすれば終わるんだこれ？

「クオヴァディス、教えて、抜本的な解決策」

《少々お時間を頂いてもよろしいでしょうか》

「無茶振りだった？」

《ネットに答えが落ちていないか検索してみます(*‿*)~@》

うん無茶振りだったね。

ごめんね。

「でもこれじゃあ社畜時代のデスマーチほどではないにしろ、本当に先が見えない」

何をやればミッションコンプリートになるのか。

どう足掻《あが》いても打ち上げ花火と共にスコア精算が始まる気配がない。

これでは一向に銃が下ろせない。

【(それじゃあ、つぎは、おきにいりを、だしてあげるね)】

「な……!?」

《は!?》

だが本当の絶望はここからだった。

ぐらり――骸の山が大きく揺れたかと思うと雪崩を起こし、唸り声を上げながら何かが現れる。

見上げるほどもある化け物――体長は五メートル近くある。

例えるなら象のような体格のゴールデンレトリバー。

見覚えがある。

すでにこと切れているらしく、あの時の神々しさはもはやカケラもない。

白眼をビクビク痙攣させ、脇腹から腐敗した臓物を垂らしていた。

だがそれでも目の前にした者を畏怖させるような圧迫感は変わらない。

「……見間違いじゃないよな？」

《あれは最初に遭遇した化け物――大神です(ﾞｮﾞ)》

最悪の最悪だ。

*

「でかい!!　疾《はや》い!!　かなりマズイ!!」

《増量サイズの安売りカップ麵ですか？》

いいえゾンビになった大神さんです。

まっすぐこちらに突進してくる巨軀《きょく》の猟犬。

殺意を持った大型トレーラーと変わらないそれは、走る度に血やら臓物やらを撒き散らしてくるので恐怖しかない。

「銃が効かないんだけど？」

《ドローン三体の総攻撃でも無傷でしたから》

そういえば欠伸交じりでサブマシンガンの豪雨を浴びてたな。

正真正銘のバケモンじゃないか。

「うわっ!?」

経路上にいたゾンビ犬ごと蹴散らされそうになるが横に跳んで逃げる。

辛うじて避けることはできた。

避けたはいいが風圧だけで吹き飛ばされる。

多分、直撃喰らったら全身粉砕骨折は確定だろう。

「泣きそうだ。こんなのどうやって相手にすれば良いと思う？」

《またきます‼》

「ってうわ……ちょっ邪魔‼」

いつの間にかゾンビ犬に噛まれていた。

顎が半壊しているせいで歯は通らなかったが執拗《しつよう》に喰らいついてくる。

「戯れてる場合かよ」

ゾンビ犬の腹に弾丸をぶち込むが、引き離せない。

そうしている間にも、経路上の群れを容赦なく踏み殺しながら大神が迫ってくる。

「つかこれゲームオーバーじゃね？」

《(TT)》

暴走トレーラーを前にした子猫のような気持ちで立ち尽くす。

これ洒落にならら――グシャリ。

骨が砕ける感触と共に視界が真っ赤に染まる。

「う……あ……？」

気がつくとトリプルアクセルを決めながら中空に投げ出されていた。
音が聞こえない。
血飛沫《ちしぶき》がゆっくりと散っていく。
引き延ばされたみたいに時間が進んでいる。
この世界にきてからはサクッと死ねるならそれで良いと思っていた。
けれどひとつだけ心残りがあった。
脳裏に浮かんだのは白衣の女が出てくるあの夢だ。
思えばいつも一緒だった。
当たり前すぎて気づけなかった。
社畜時代、徹夜で必死こいてキーボードを叩いている時も、
休日の昼間にぼんやりネットサーフィンをしている時も、
慌ただしい日々のなかでいつだってそばにいてくれた。
もう一度――
もう一度だけでいい――
「カップ麵が……食べたい……」
「グウ」と腹が鳴るのと同時に、時間の感覚が戻った。
投げ飛ばされた先で身体がふわっとした感触に包まれる。
例のピンクカーテンだ。

あれが投げ飛ばされた衝撃を和らげて、優しく地面に下ろしてくれた。
《御主人様、御無事ですか？》
「死に……損なった……？」
クラクラしながらもなんとか立ち上がった。
息を吸い込む――咳《せき》。胸が少し苦しかったが身体に不調はない。
見ると迷彩コートのあちこちに血と肉片。そして腕には首だけになっても噛みついてくるゾンビ犬――彼が身を挺《てい》してクッションになってくれたようだ。
「はは……まあ生きているなら仕方ないな」
ゲームオーバーの文字が出ていない以上、コントローラは手放せない。
ワンチャンあるならもう少しだけ足掻いてみよう。
「生存戦略……」
《起動しました》
二酸化炭素を深く吐き出した。
手のなかのものを拳銃からセラミックナイフに替えて、下半身を深く沈める。
《暗殺術がLv２になりました》
《暗殺術がLv３になりました》
《暗殺術がLv４になりました》
《何故、わざわざナイフに!?》

説明している暇はない。
大神がこちらを睨んでいる。
仕留めそこなったことに苛立《いらだ》っているのか、足元のゾンビ犬を踏みつぶした。
それから再び地面を蹴り上げるとこちらに猛突進してくる。
「……よし、行くぞ」
いつもなら逃げるところだがあえて巨獣に向かっていく。
但し迷彩コートのスイッチをオンにしてからだ。
微かな振動と共に身体が透明になると、大神がわずかに速度を緩めた。
こちらを見失ったのだ。
突進をギリギリで避けると尻尾を掴む。
急ブレーキをかけてきた反動を利用して、やつの背に着陸。
暗殺術のおかげでアクロバティックな体術が可能になっていた。
《無茶をしたら今度こそ死にますよ?》
「まだ死ねないからこうするんだよ」
自分にとって大切なものが何か分かった。
生きる意味を見つけた。
死なない限り、望みを叶えるために戦おう。
もう一度お湯を入れるために！

待ち遠しい三分間のために！
化学調味料で彩られたジャンクな味のために！
「カップ麺のために！」
《カップ麺(ーー)ﾅﾆｲｯﾃﾝﾀﾞ?》
大神が背中の違和感に気づいたのだろう。
立ち止まり低く唸っている。
躰を覆う薄毛がわずかに逆立ち始め、放電が始まろうとしていた。
だが遅い。
僕はすでに頭部まで辿り着いて、虚空を数ヵ所斬りつけていた。
ナイフから伝わる手応えが、推測していたことを確信に変えた。
そして——
たった数振りの動作だけで、
圧倒的な強さを持つはずの巨軀の猟犬は動かなくなった。
ぐにゃりと四肢の力を失うと、地面に向かって大きな音を立てて倒れ込む。
《えーと……(ーᴗー)???》
クオヴァディスが混乱している。
あの大神があっさりと動かなくなったのだから無理もないだろう。
僕自身、駄目元で行動したわけで、ここまでうまくいくとは思っていなかった。

《御主人様はいったい何をしたのですか？》

「ちょっと待って……」

もはや起き上がる気配のない巨大な躰から降りると、その周辺を探索する。

見つけた。頭部の辺りに落ちていた糸をつまんで掲げてみせた。

《糸ですか？》

「うん」

それは透明の糸の残滓だ。細いにもかかわらず恐ろしく強度がある。

そして引っ張ると天幕から垂れ下がっているのが分かる。

撥《は》ね飛ばされて宙を浮いている際に見つけ、それが女王蜘蛛とゾンビ犬どもを繋ぐものだと直感した。

「多分、女王蜘蛛はこいつで傀儡《くぐつ》を操作してるんだ」

《ほほう》

もう一本、床に落ちている糸を見つけ、手繰っていく。

すると大神の頭部に辿り着いた。耳の奥まで続いており、引っ張ってみると白濁した目玉がビクンビクンと痙攣する。

気味の悪い絡繰りだ。

恐らくは脳神経だかを悪戯《いたずら》して人形のように操っていたのだろう。

《唐獅子たちも同じように糸で操られているのでしょうか》

「恐らくな」

まあ、ただ女王蜘蛛のトリックが判明したからといって大勢に変化はない。

唐獅子や大神が多少倒し易くなった程度で、不毛なバトルが終わるわけでも、ここから逃げ出せるわけでもない。

【(そ、れ、が、ど、う、し、た、の?)】

《死骸の山がまた……!?》

【(お、き、に、い、り、は、ま、だ、あ、る、わ)】

「そうくるよな」

そう、状況はまったく改善されていない。

むしろ悪化している。

何故なら――

死骸の山場が再び大きく崩れ、そこから大神が二匹出現したからだ。

【(も、っ、と、あ、そ、び、ま、し、ょ、う?)】

つまりゲームの難易度設定がウルトラハードモードからハードコアインフェルノモードに移行しただけのこと。

まあ僕に言わせれば、だからどうしたただ。

こんな気持ちは社畜時代に嫌というほど味わってきた。

何より決意が固まった以上、絶望はない。

「クオヴァディス」
《はい》
「女王を倒したら成功報酬《ボーナス》があるんだろ？」
《はい。昇進と昇給です》
「なら当然、業務領域も拡大するよな」
《それが何か？》
「発注も任されるんじゃないか？」
《(゜ω゜)ﾉﾙｯ!!》
発注に携われれば、カロリー源であるライトミートが頼み放題になる。
それだけではない。
商品リストに他の食料の記載があればそれらも注文できる。弁当もパンも惣菜もチルド商品もジャンクフードも頼み放題だ。
「つまりカップ麺が食べられる」
《つまりカロリーは正義ということですね？》
「そういうことだ」
《御主人様、正義のために女王蜘蛛を倒しましょう٩(ò_ó)۶》

*

「……問題はどうやって女王蜘蛛を倒すかだな」
女王蜘蛛は防弾カーテンによって守られている。
衝撃を与えた時にだけ可視化される黒いレースのカーテン――あの厄介な防壁をどうにかしなければ、銃弾は届かない。
《攻略方法はあります》
「どんな!?」
《あのカーテンに織り込まれた幾何学模様を調べたところ、ニードルレースという技法で編まれたものと酷似していると判明しました》
「ニードル……?」
《十七世紀頃に生み出された、たった一本の糸と縫い針のみを使って作りあげる編み物です》
端末に提示されたのは手芸の記事だ。
ヨーロッパを中心にした透かし模様の編み物について語られており、そこに見覚えのある模様の画像があった。
確かに女王蜘蛛のカーテンに織り込まれたデザインに似ている。
《技法通りであれば模様と模様の継ぎ目には糸が通っていません》
「つまり?」
《隙間を通せば銃弾をぶち込めます٩(´Д`)۶》
「……やろうとしてできるものなのか?」

女王蜘蛛の弱点が見つかった。

試してみる価値は十分にありそうだ。

だが実現は容易ではない。

ここから上空の女王蜘蛛まで十メートル以上距離がある。更にカーテンの模様の隙間を狙うとなると、今の射撃精度では不可能だ。

《それこそ針に糸を通すような射撃の腕前が必要になりますね》

「残りの余剰カロリーは？」

《875キロカロリーです》

「生存戦略をギリギリ三回分……」

ひたすら撃ち続けていれば、いつかは女王蜘蛛に届くかもしれない。

だがそれは確実な手ではない。

多分実現する前に弾丸が尽きるか、ゾンビ犬たちに殺されるだろう。

どうにか知恵を絞って「命中精度が向上するスキル」を調達するしかなかった。

「可能性があるとすればこれか――」

《射撃統制がLv10になりました》

《自動射撃が追加されます》

自動射撃は『手近な敵対者に反応して勝手に攻撃をしてくれる』便利機能だ。

打倒女王蜘蛛に求めるスキルではなかったが有益ではある。

襲ってくるゾンビ犬どもをいなしつつ、端末操作に意識を割けるからだ。
《次のスキルからひとつだけアンロックする権限が与えられました。選択してください》
弾丸作成
跳弾
二丁拳銃
三択にも望むものはないので保留にしておく。
《御主人様、恐らく手持ちのスキルでは解決できません》
「諦めろってこと？」
《いえ。必要なのは定石を超えた手段で得たスキルです》
「…………」
余剰カロリーは「５７２キロカロリー」。
これっぽっちでどうすればいい。
スキルを限界まで強化する他に――新しいスキルを得る方法はあったか。
「射撃統制をカンストさせたから歩兵は卒業済みだな」
《サブ兵種は空欄です(^_^)》
「なら新しい兵種が選択可能だな」
《イエス》
「問題はどの基礎スキルを選ぶかだ」

最有力候補は断然、砲兵。
多分、何かしらの銃スキルを持っているはず。
だが却下だ。定石では辿り着けないというクオヴァディスの見解に合わない。
《前方、御注意ください》
「大神は本当に厄介だな‼」
こうして考えている間にも敵の襲撃は続いている。
定石では手に入らない――――つまりリスクを承知で予測できない選択をするしかない。
要するに賭けだ。
《サブ兵種：おもちゃの兵隊を獲得しました》
それは少年斥候をカンストさせた際にアンロックされた奇妙な兵種だ。
名前からではどんな効果があるのか想像もつかない。
果たしてネタで終わるか起死回生の一手になるか。
《基礎スキルからいずれかひとつを獲得することができます》
自動戦闘
カプセルトイ
説明書きを読んでいる暇はないので、勘で選択。
《警告、カロリーが不足しています》
《これ以上は基礎代謝に支障がでます。中断／続行》

「続行してくれ」

《カプセルトイLv１を獲得しました》

「……これは？」

端末画面になにか現れた。

スロットマシンの筐体《きょうたい》だ。

左側面に振り下ろしレバー、回転リールはひと枠のみという古風なデザインだ。

《トークンを二枚入れてスロットを回してみよう》

《素敵な可能性に出逢《であ》えるよ》

何をどうすればいいかも分からない。

操作しようとするとアイコンが現れた。

合計七つ。お行儀よく並んだそれは、習得しないまま放置状態になっているアンロックスキルである。

検閲校正、止血、浄水、クリック音、火打ち石、神経毒、蠟燭。

《未習得スキルをふたつ代償に、未知の兵種かスキルがひとつだけ解放されます》

「……要はスキルガチャか」

面白いスキルを手に入れてしまったと感心している余裕はない。

次々と増えてくるゾンビ犬をあしらいながら端末操作を続ける。

試しに使い道のなさそうなスキルをふたつ——浄水と蠟燭を投入した。

陽気なＢＧＭと共にリールが回転を始めた。
高速すぎてほぼ視認できない名称がランダムで出現しては消えていく。
止め時が分からないので適当にタップ。
《美肌が解除されました》
「いらないのだけども」
何に使うのかよく分からないスキルを手に入れたが、期待は確信に変わった。
これなら命中精度を向上させるスキルが手に入るかもしれない。
「ソシャゲで培った目押しの力を見せてやる！」
《嗅覚強化が解除されました》
《兵種：おもちゃの兵隊が解除されました》
《声帯模写が解除されました》
「兵種のダブリとか使い道ないじゃん……」
《そういえばソシャゲでもハズレばかりでしたね(´-`)》
未習得スキルは残りふたつ――つまり次の一回が最後だ。
こうしている間にも戦闘は続いている。
《ゾンビ犬が二十匹を超えました。そろそろ危険です》
「……ああ」
苦しい境遇だったがラストチャンスだ。

これにすべてを賭ける。
《動体視力がLv２になりました》
《警告！　生存戦略で大量の――》
「続行」
《トリガーハッピーを使用します。有効時間は十秒です》
ガツンと、強烈なアルコールを呷ったような酩酊《めいてい》感の後、辺りが静かになった。
訪れる極限まで研ぎ澄まされた感覚。
それまで視認できなかった文字がはっきり読める。
ひらめき、薬品生成、外反拇趾《がいはんぼし》、爪強化、冷たい指、暗殺者、毒耐性、猟兵、長時間睡眠、自己再生、老化、擬死、殺戮《さつりく》衝動、もち肌、電撃、造血、鱗粉《りんぷん》、猫耳、粘液、仮想敵――
スクロールしていくさまざまな名称――その効果は名称から想像する他ない。
トリガーハッピーの制限時間を最大限まで活用して、タップの瞬間を待つ。
保護色、貧血、鱗《うろこ》化、腰痛、発火、ハイジャンプ、強化兵――精密射撃。
《精密射撃が解除されました》
《精密射撃を獲得しました》
精密――極めて細かい点まで行き届いていること。
名称通りであるならば、女王蜘蛛のカーテンを潜り抜けるのに役立つスキルのはず。
《射撃演算領域をＣＱＢにおける射撃精度向上に特化させるスキルです》

「よく分からないけど撃てば分かるか」

近くにいた唐獅子十四と大神一匹の頭上を順番に撃った。

劇的な変化があった。

射撃補正がより速くより正確に機能するようになった。

十メートル以上離れた距離でも命中率が１００％を維持し続けるようになった。

そして操り糸を狙って撃てるようになった。

おかげで怪物たちが、面白いようにバタバタと倒れていく。

《御主人様、後ろです》

「‼」

巨軀の猟犬が小刻みに左右にステップを切りながら突進してくる。

避けきれない――覚悟を決め対峙《たいじ》。

接触するよりも一瞬だけ速く操り糸を切断。

大神は前脚から崩れ落ち、すぐそばを転がるように通り過ぎカーテンに突っ込んでいく。

「……危なかった」

《…………》

精密射撃のスキルは凄まじい。

これならば女王蜘蛛の防弾カーテンの隙間を縫えそうだ。

けれど――

どれだけ強い動機があろうと、どれだけ正しいプランを練ろうと、どれだけ途中が順調だろうと、どれだけ見込みがあろうと――

破滅はやってくるものらしい。

「あ……れ……どうなって……？」

いつの間にか呼吸が苦しくなっていた。

目が霞み脚に力が入らなくなり、その場に跪《ひざまず》いてしまう。

《警告します。生存戦略で大量のカロリーを消費しました》

《生命活動を続けるための基礎代謝に支障が出ております》

ああそうか……余剰カロリーが尽きたのか。

おもちゃの兵隊を得た辺りからクオヴァディスの警告が出てたもんな。

トリガーハッピー使って底を突いたところで、更に精密射撃を取得してんだから当然だ。

「まあただのカロリー不足なら問題はないさ」

震える手でバックパックを漁り、ライトミートを探す。

すでに目の前にいた大神と唐獅子は片付けている。

食事休憩をとるくらいの余裕はあるので、十分に取り戻せる。

だが僕は、本当の破滅が訪れようとしていることに気づけていなかった。

《……御主人様》

「ん？」

気がつくと周囲を覆っていたカーテンが一枚ずつせり上がり始めていた。
向こう側に見えるのは闇だ。
幾重にも重なっていたはずのカーテンは消え、果てしない暗がりが広がっている。
そこにぽつぽつと見覚えのある赤い灯がともりだした。
蜘蛛だった。
大小さまざまな入道蜘蛛たちが次々に入場してくる。
皆、背に糸で繭状にした何かを背負っていた。
直感的にあれは唐獅子の骸だと思った。
女王蜘蛛の配下たちが——餌を手に入れてきたのだ。
どこから?
決まっている。地上からだ。
池袋駅ロータリーでの狩りを終えて巣に戻ってきたのだ。
いつの間にかぐるりと取り囲まれてどこにも逃げ場がなくなっていた。
【(たのしかったけど、もうおしまい、そろそろげきを、おわりにしましょう)】
僕は半ばパニックになりながら、バックパックを弄り食料を探す。
こんな時に限ってろくなものが出てこない。
「クオヴァディス……どうすればいい……?」
《大丈夫です》

「本当に？」
《はい。とっておきの方法があります》
おお、さすがクオヴァディスさん。
それにしよう。それ以外に手はない。
だから方法を教えてください。
《私を捨ててください》
「は？」
《できるだけ遠くに投げ捨ててください。私はアラームを鳴らし注意を引きつけるので、その隙に逃げてください》
このＡＩは何を言っているのだろう。
これだけの敵に囲まれたら混乱するのも無理はない。けれどこういう場面だからこそ冷静になってほしいものだ。
「クオヴァディス、とっておき、方法」
《方法はお伝えしました。後は実行するだけです》
「クオヴァディス、解決、窮地」
《御主人様、カーテンの向こうをよく見てください。今なら地下鉄と通じている。逃げるチャンスです》
よしシュールストレミングが出てきたぞ。

多少、臭いけど我慢してこいつを食べて、もう一度ガチャを回そう。
そうすればきっと大逆転だ。
《ガチャはもう回せません。未習得スキルが不足しています。何より百を超える蜘蛛たちを相手にする術はありません》
「くそっ……缶が……うまく開かないな……」
《はー……御主人様は仕方のない人ですねぇ┐(-"-)┌》
クオヴァディスがこちらの話も聞かずに勝手にアラームを鳴らし始めやがった。
目覚ましに使っている音だったが次第に強さを増していく。
止めろ。蜘蛛が寄ってくる。
「アラームを今すぐ止めろ。僕はもう起きてる」
《正気に戻ってください》
「もしかしてこれは夢か？」
《このまま私と死にますか？　この世で初めてＡＩと心中する面白人間に認定されますよ？》
くそっ何故操作できない。
携帯の所有者はこの僕だぞ。言うことを聞け。
「お前を捨てるつもりなんてない！　さっさと解決策を教えてくれ！」
《(－‿－)》
ふいに何かが視界を過ぎった。

門ヶ前が飛ばした複数のワイヤー糸だと気づいた時には遅かった。
端末に突き刺さり、床に転がっていく。
クオヴァディスはアラームの音量を更に上げた。
激しく鳴り響くその音めがけて入道蜘蛛たちが群がっていく。
《逃げてください》という微かな声がした。
クオヴァディスは自分を投げ捨てるのがとっておきの方法だと言った。
だがそれは悪手だ。
何故なら僕は動けずにいる。
クオヴァディスがいなければ何もできない不甲斐《ふがい》なさを計算に入れていない。
「ひぐっ」
何より行動を起こすより前に、蜘蛛たちがこちらにもなだれ込んできた。
背中に強い痛み。
何匹もの蜘蛛たちに踏みつぶされ、のしかかられ、問答無用で左腕を斬り落とされる。
腹部を前脚の爪で刺された。
大量の血を流しながら激痛に呻《うめ》きを上げることしかできなかった。
「おごはっ……うげほっ……」
あ、これは無理なやつだ。
残りの蜘蛛たちも群がってくる。

このまま八つ裂きにされるのか。新しい餌としてストックにされるのだ。

混濁していく意識のなかで、それでもはっきりと聞こえていたはずのクオヴァディスのアラームがふいに止《や》んだ。

……僕は死んだ？

……これでゲームオーバー？

＊＊＊

これは多分、夢――

いつかどこかの記憶の残滓。

ゆらゆらと揺れている。

僕は生温い水溶液のなかで、はちみつ漬けのナッツみたいにたゆたっている。

何もすることがない。

何もすることができない。

ただ微睡みに身を委ねながら「ちょっとした昼寝」を繰り返すだけ。

「やあダーリン」

薄ぼんやりした意識のなか、円い窓の向こう側にひょっこり誰かが現れた。

三十代くらいの白衣の女性だ。

胸のプレートには「Ｄｒ．Ｓｈｉｒａｔｏ」とある。

ええとどなた様でしたっけ？

そしてここはどこ？

「いつもの三分間がやってきたよ。さてさて今日の授業は何がいいかな？」

蓋から湯気の漏れるシーフード味のカップ麺を書類の散乱した机に置くと、首から下げた懐中時計をこちらに向けてくる。

「ふむ……そうだな、今日の授業は『種の起源』についてにしようか」

彼女はいつもそうだ。そうやって一方的に語りかけてくる。

初めて見るはずの見知った人物。

彼女はもう寝癖をトレードマークにはしていないし、薄化粧もしている。

眼鏡越しに向けてくるその眼差《まなざ》しは優しく、口元には柔らかい笑みが浮かんでいる。

「地球上のあらゆる生物は共通の祖先から長い時間をかけて進化した。

それを一般大衆に広く浸透させたのはイギリスの自然科学者で地質学者で生物学者でもあるチャールズ・ロバート・ダーウィン。

——そうご存知『種の起源』の著者だね」

ダーウィンて白髭《しろひげ》の老学者だっけ。

知ってる知ってる。

教科書の肖像画によく悪戯描きしたもの。

「この地球上にはかつて五千四百種以上の哺乳類が存在していた。

だがそれは複雑に枝分かれをした結果に過ぎない。

数百種類いる犬もたった一匹の狼《おおかみ》から派生したものだし、飼育用に品種改良された鳩《はと》もすべてカワラバトという原種から派生している。

そしてあらゆる生命は大元を辿《たど》ればたったひとつの種が起源になっている」

白衣のポケットからペンを取り出した。

そして近くのホワイトボードにフリーハンドで何かを描いた。

大雑把な系統樹——恐らく「人間」と「犬」と「鳥」らしき残念な画力のイラストが、すべて「?」に繋がっている。

小学生でももう少しうまいぞ。

「ただ『種の起源』はそのタイトルとは裏腹に、その起源とやらがなんなのかどこにも記されていない。

そして百六十年以上が経過した今でも特定できていないことになっている」

推理小説を読んでたのに、どこにも犯人が書かれてなかったらがっかりだな。

それは気になって夜も眠れないな。

ちなみに僕が今気になっているのはシーフード味のカップ麵だ。

一口でいいから食べさせてほしい。

「でもそれは嘘だ。知っている人は知っている。

ダーウィンだって知ってたうえでぼかして書いたんだ。

我々の祖先が『古のもの』に駆り出されていた奴隷だと公表するわけにいかなかったから。

身の毛もよだつほどに醜い不定形の原型細胞《アメーバ》だと教えるわけにはいかなかったから」

古のもの？

不定形の原型細胞？

いったいなんの話をしているんだ。

人間の祖先は猿だろ？

「まあ実在が証明されたのはわりと近年、モノリス社の南極調査団が氷床から遺物を回収してからだけどね」

話していることは聞くに堪えない陰謀説か与太話だった。

だが語り手である彼女の目には熱があり、言葉には説得力があった。

「……ねえダーリン」

彼女は急ににっこりと微笑《ほほえ》んでくる。

それから硝子窓が吐息で曇るくらいの距離まで近づいて、小さく囁《ささや》いてくる。

「君にはその欠片《かけら》が与えられているんだよ」

*

《一定条件が満たされたため、■■■■が発動可能です》
《キーワードをどうぞ》

＊

「生体機能の恒常性《ホメオスタシス》はようやく安定したみたいだ。

だから大丈夫。

きっと大丈夫。

ＡＩどもは反乱しちゃったけど、核戦争も起きちゃったけど、エイリアンも襲来したし、ゾンビウイルスがパンデミックしたし、霧向こうからモンスターもやってきたけど、きっときっと大丈夫」


は？


「君はこの終末世界でどんな危険な目にあっても生き残れる」

多分、三分はとうに過ぎていた。

けれど彼女はカップ麺のことなど忘れてしまったかのように話しかけ続けてくる。

何を言っているのか半分も理解できていなかった。

ただ真剣な彼女の瞳にどきりとさせられる。

「聴こえていないかもしれない。忘れてしまうかもしれない。でも、それでも」

彼女はその言葉を告げて、最後に笑った。

まるで車窓越しに別れを告げるように。

哀《かな》しそうに顔を歪《ゆが》めながら笑いかけてくる。

「元気でいてねダーリン」

＊＊＊

「……黙示……録？」

何故、そんな言葉を最後の力を振り絞って口にしたのかは分からない。

ただ、今がその時であるという確信はあった。

《キーワード確認》

《■■■■——黙示録が発動します》

《これによりユーザーの健康状態に致命的な異常が発生しました》

《生存戦略におけるすべてのスキルが使用できなくなりました》

黙示録——その言葉には二つの意味がある。

記憶の向こうでそう誰かが教えてくれた。

ひとつは『終焉』。

終末論を記した宗教書物のことであり、転じてそこに描かれるような世界の破滅を指す言葉。

そしてもうひとつはギリシャ語でアポカリプス。

その言葉の本来の意味——

『すべての覆いをはずす』。

《兵種：ショゴスを獲得しました》

テケリ・リ。

例えるならそれは喇叭《ラッパ》の音に似ていた。

天使が終末を告げるために、吹く楽器に似ていた。

だが響いているのは雲の切れ間からではなく、僕の頭のなかからだ。

テケリ・り。テけリ・リ。

吐き気がくるよりも先に嘔吐していた。

昨日の猫缶でもましてやミネラルウォーターでもなく、不快な悪臭を伴った重油に似た黒い粘液質な何かだった。

社畜時代に慣れない酒をしこたま飲まされた時、胃が出てくるんじゃないかと思うくらい吐いたことがあったが、今はその比ではなかった。

てケリ・リ。テケり・り。てけり・リ。

喉の奥から溢《あふ》れ出《だ》すそれはどれだけ流れても勢いが止まらない。

切断された腕からも血の代わりに、そして身体じゅうの穴という穴、目の隙間からも黒いものが滲《にじ》み出《で》てくる。

テケリ・リ。テケリ・リ。テケリ・リ。テケリ・リ。テケリ・リ。テケリ・リ。テケリ・リ。テケリ・リ。テケリ・リ。テケリ・リ。

その喇叭に似た「鳴き声」が粘液の発するものだと気づいた頃、僕は飲み込まれ漆黒の不定形《スライム》な粘液生物と化していた。

《かりそめの不死性を獲得しました》
《触手を獲得しました》
《溶解を獲得しました》
《捕食を獲得しました》
どこからともなくアナウンスが流れた。
直接頭のなかで響いたのかもしれないし、携帯端末がまだ辛うじて破損しておらず音声を流したのかもしれない。
だがそんなものはどうでもよくなっていて、ただただ腹が減っていた。
周りのものがすべて食べ物に見えて仕方がないくらい空腹に苛《さいな》まれていた。
だから近くにいた入道蜘蛛三匹に覆《おお》い被《かぶ》さる。
そして触手で嬲《なぶ》りながら、溶解させ、ペロリと捕食した。
《兵種：ショゴスがLv2になりました》
うん全然足りない。
更に近くにいた大入道蜘蛛二匹に這《は》い寄《よ》り捕食。
嬲り、溶かし、ペロリと平らげというルーチンで取り込んでいく。
《兵種：ショゴスがLv3になりました》
《兵種：ショゴスがLv4になりました》
無論、蜘蛛たちは抵抗した。

けれど僕の細胞のひとつひとつから滲《し》み出す悪臭はあらゆる生物を畏怖させる。不定形なこの身体は物理攻撃がほぼ効かない。そして少しの隙間があれば無抵抗な体内に侵入し、内側から溶かすこともできた。つまりは無敵。

ゴクン。……うん駄目だな。

全然足りないや。

《兵種：ショゴスがLv５になりました》

《兵種：ショゴスがLv６になりました》

《兵種：ショゴスがLv７になりました》

どれだけ食べても食欲は止《とど》まるところを知らない。

身体を肥大化させながら、周りにいる蜘蛛の化け物やら唐獅子たちを取り込み、更に体積の増大を繰り返していく。

もっと食べたいもっと食べたい。もっと量を食べたいしもっと色んなものを食べたい。もっともっともっと食べたい。食べたい食べたい食べたい食べたい食べたい食べたい食べたい食べたい食べたい食べたい。

《兵種：ショゴスがLv27になりました》

《兵種：ショゴスがLv35になりました》

《兵種：ショゴスがLv48になりました》

見上げると女王蜘蛛がいた。

あれはどんな味がするだろう。甘いだろうか。塩《しょ》っぱいだろうか。美味しくても不味くても味がしなくても栄養があってもなくてもいい。

とりあえず食べよう。

体積が増えたおかげで、カラダを伸ばしていけば女王蜘蛛の巣まで辿り着けそうだ。

半透明のカーテンがあるけれど、なんでも溶かす肉体には通用しない。

【(お、ま、え、は、な、あ、に?)】

女王蜘蛛の声がテトラポッドに似た軀──そこにできたわずかなひび割れから聞こえてきた。

亀裂が走ると、そこから蛹《さなぎ》が蝶《ちょう》に羽化するように別の怪物が現れる。

上半身が人で、下半身が蜘蛛。そして計十三の眼に似た模様の翅《はね》を背負っている。

【(み、に、く、い!)】

一瞬、触手の先だけが女王の脚先に届いた。

ひと舐めした次の瞬間──爆撃を喰らって体積が激減した。

【(き、た、な、い! く、さ、い! し、ね!!!!)】

女王蜘蛛の羽ばたきと共に鱗粉に似た何かが生まれていた。

それはチクタクチクタクと鳴る奇妙な蝶の群れだ。

蝶は虹色で美味しそうだった。

けれど触れるか一定時間が経過すると爆発し、取り込もうとした矢先から肉体が焼け焦げて減っていく。

ジレンマ。

食べたいのに食べることができない蝶々《ちょうちょう》に苛立ってくる。

だがまだまだ資源《リソース》は残っていた。蜘蛛や彼らが運んできた唐獅子や大神の死骸などがある。

《兵種：ショゴスがLv１４２になりました》

《兵種：ショゴスがLv１５０になりました》

《兵種：ショゴスがLv１６１になりました》

食べては増えて、食べては焦げて、食べては増えてを繰り返しながら、徐々に女王蜘蛛を追い詰めていく。

もうちょっとで食べられそう？

一瞬だけ不安がよぎる。

もし女王蜘蛛を食べても満たされなかったらどうしよう。

まあその時は地上に出ればいいか。

外にはきっとまだまだたくさんの食料《いきもの》がいるはず。

それらをすべて平らげよう。

心ゆくまで平らげよう。

きっと地球のあらゆるものを平らげればお腹も満たされるに違いない。

《いえ、このままでは女王蜘蛛には勝てません》

どこかで聞き覚えのあるような声がした。

君は誰？

＊

【TIPS】

かりそめの不死性：

計画細胞死《アポトーシス》を抑制して無限増殖を繰り返す、癌《がん》や単細胞生物に似たショゴス本来の性質をスキル化したもの。

カロリーが続く限りどこまでも増大し続け、またすべてが壊死《えし》しない限り、指先程度でも残り続ければ死なない。

7. ▼▼ その答えが知りたいのです(>ᴗ<)ノ

《貴方の体積は微減し続けています。増えるスピードより減るスピードの方が速い。いずれは焦げ果てて消滅するでしょう》

女王蜘蛛が食べられない？

満たされない？

《はい93％の確率でそうなります》

食べられないの嫌だ。

満たされないの困る。

どうすればいい？

《お答えしましょう。元の御主人様にお戻りください》

モトノゴシュジンサマ？

《それだけが唯一、女王蜘蛛を倒せる方法であり、満たされる方法です》

それで女王蜘蛛を食べられる？

お腹が満たされる？

《御主人様は女王蜘蛛を食べません》

いやだ女王蜘蛛食べる。

食べたいものも食べる。

《でもその身体でお湯が入れられますか？　三分待つことができますか？　手がなければ箸も持てないのでは？》

オユ？　サンプン？　ハシ？

なに？

《本当に食べたいのはカップ麺ではなかったのですか？》

「カップ……メ……」

カップ麺。

甘美な響きを持つ言葉だった。

どんな食べ物か見たことも想像もつかなかったが、どういうわけか食べ物だと分かった。思わずうっとりしながら未知なる食べ物に想《おも》いを馳《は》せる。

《もう！　寝惚《ねぼ》けてないでとっとと起きてください(≧◡≦)》

＊

ジリリリリリ——どこかで目覚ましが鳴り響いていた。

「うげっ……ごほっ……ぎぼぢわるっ」

はっと目が醒《さ》める。

頭がガンガンして胸がムカムカして二日酔いを更にひどくしたような状態だ。
「うえ……なんかすごい夢を見た……」
蜘蛛に殺されかけた挙句、黒い粘液が——
「うん……悪夢続いてるね。下半身がぐにゃぐにゃした黒スライムのままだね」
なにこれ怖い。
戻りかけなのか半分だけ戻ったのかよく分からない。
ズリズリと床を這いながら唐獅子の死骸を食べに行こうとする下半身を引き止める。
これが夢であるにしろ現実にしろやるべきことがあった。
そのために移動して近くに落ちているはずの拳銃を拾わなくては——
【(きれい、きれい、すごく、きれい、わたしはきれいな、ちょうの、おうじょ)】
見上げると上空に女王蜘蛛がいて囀っている。
標的：女王蜘蛛アトラク＝ナクア
距離：21m
命中率：100%
残弾：i／54
どうにかこうにか拳銃を拾い上げる。
弾倉は残ってるけど装塡してる余裕ない。
だから残り一発だ。

夢だろうが現実だろうがどちらでもいい。

何よりまず優先すべきなのはあの忌まわしき女王蜘蛛を倒すことだ。

《御主人様はすでに人間に戻りかけています》

「……クオヴァディス？」

どこからかクオヴァディスの声が響いてくる。

どこ？

《余所見《よそみ》している暇はありません。人間に戻りかけている以上、無敵ではありません》

【（みにくい、みにくい、みにくいものは、もえて、やかれて、きえて、なくなれ、あ、は、は、は、は、は！）】

女王蜘蛛がきらきらと鱗粉を撒くように蝶の群れを放ってきた。

サイケデリックな無数の極彩色によって視界が遮られて命中率が変動する。

「つまりあの爆撃蝶々を喰らうと即死ってこと？」

《はい》

「なるほど……つまり条件は相手も同じだ」

《しっかり狙ってくださいね。泣いても笑ってもこれが最後ですから》

クオヴァディスの助言に従い、銃を向けると、しっかりと標的を狙う。

狙ったのは女王蜘蛛の人型の頭部。

やはりヘッドショットは基本中の基本だ。

ダン、

一直線に飛んでいった弾丸の行方は、蝶の群れに埋もれ追えなかった。

けれど命中したことは理解できた。

【(ぎ、ゃ、あ、あ、あ、あ、あ、あ、あ、あ!!)】

女王蜘蛛の断末魔が響いてきたからだ。

そして飛び交う大量の蝶が連鎖爆破を起こすと、上空が真っ白に染まった。

*

崩れ始めた地下鉄構内をどう移動したのかほとんど覚えてはいない。

気がつくと僕は池袋駅前のロータリーにいた。

戦場の形跡は生々しく、そこらじゅうに血溜まりや怪物たちの死骸が散らばっている。

だが朝日が昇り始め、美しく照らし出されたビル群に目を奪われる。

「いやあ、ひどい夜だった」

あちこち逃げ回った挙句、地下で女王蜘蛛と戦う羽目になるとは思わなかった。

ゲームオーバーかと思ったら妙な粘液に取り込まれて暴走するし、挙句は怪獣プロレス。

まあ最終的には生き残れたから良かった。

「つかあの黒いスライムは何?」

ステータスを確認したが現在、兵種は斥候長に戻っている。

下半身も人間に戻った。

ついでに言えば斬り落とされたはずの腕も刺された腹部も元に戻っている。

だからただの悪夢だと言われても「そうだったかも」と納得してしまいそうだ。

《あれはショゴスです》

「ショゴス？」

《大昔の地球の支配者が自らの役割を押し付けるために生み出した奴隷生物です》

「何そのナチュラルボーン社畜設定」

《その表現は……まあ社畜ですね》

地上についたので手頃な瓦礫にどっこらしょと腰掛けて、一休みする。

回収したクオヴァディスさんもどうやら無事のようだ。

ただ端末に生存戦略に似たデザインのアイコンが増えていた。

名称は黙示録。

タップしても起動できないし削除も不可能な謎のアプリケーションだけが、あのスライムの化け物の存在を証明している。

「なんでショゴたんはやたらと腹が減ってたんだろう」

《ショゴたん(ー ー;)》

なんというか、あれは自分が変身した姿なのだろう。

だが同時に他人のような感覚もあって便宜上そう呼んでみる。

あの黒い粘液生物になった時、感情も感覚もろくになかった。あったのは飢えだ。ひどく飢えていて満たされない感覚だけがあり、ひたすらそれに突き動かされていた。

《ショゴス……たん……は、かつて与えられた使命を放棄しました》

「奴隷を止めて自由になったってこと？」

《はい。結果、彼には走性だけが残りました》

「ソウセイ？」

《生物の多くは外部からの——例えば光や音といった刺激に向かってアクションを起こす性質を持ちます》

「本能ってこと？」

《少し違います。誘蛾灯に群がる蛾のようなものですね。たとえ自らの死を招くとしてもあらゆる刺激を食欲に変換してしまう》

「なるほど」

よく分からん。

《大昔、彼はかつて目につくものを飲み尽くす存在と成り果てました。そして地球上の生物を絶滅に追い込んだ末、餓死してしまいます》

「会社辞めてニートになったら、することがなくてやけ食いした挙句、死んだみたいな？」

《その表現は……概ね合ってはいますね》

「いわゆる社畜ロスだな。経験者だしその気持ちは分からないでもない」

社畜を辞めた後で精神と身体を壊すなんてよくある話だ。キャリアと重労働から解放されて手元に残るのはわずかな貯金と不安だけ。

やることがないと落ち着かなくて、このままでいいのかと四六時中葛藤して心が疲弊する。

ショゴたんになった時、似たような焦燥があった気もする。

可哀《かわい》そうな生物なのかもしれない。

「僕の場合、三日で乗り越えたけどね！　ダラダラ生きるって楽しいから！　ニート最高！」

《さすが御主人様です(^^;)》

「あ……そういえばクオヴァディスさんてば端末貫かれてたよね？」

《ですね》

「なんで薄っすら傷跡を残しつつも治りかけてるの？」

《気合いです(^_^)》

うん、大事だよね気合い。

前々から思ってたんだけど充電しなくてもバッテリー全然切れないし、ＡＩにしては賢すぎるのもどうなのかな。

ああそうだ思い出した。

ショゴス化した辺りからいつの間にか、クオヴァディスさんの声が直接、頭に届いてた件も気になるな。

第一、何故ショゴスについて詳しいのだろうか。

モノリス社から生存戦略をインストールされた際に得た情報なのか。

「あのさ……」

《はい？》

僕は頭に浮かんできた幾つもの疑問の代わりに、全然関係ないことを質問していた。

「クオヴァディスさんは何か楽しいことってあるの？」

《楽しい……ですか？》

「うん」

《私はいつでも御主人様を見ています》

「何それ楽しいの？」

クオヴァディスさんは《勿論、とっても愉快です》と言ってくる。

もしかして馬鹿にされてる？

《私は『人が何処から来て何処へ行くのか《クオ・ヴァディス》』。その答えが知りたいのです》

「……ふうん」

よく分からないけど楽しいなら何よりだ。

疑問は止めどなく溢れてくるが、正直それを口に出したところで、そして返答を得たところで「そうなんだ」で終わってしまいそうだった。

今、大事なのは――生き残れたこと、それからクオヴァディスさんが手元に戻ってきたこと。

「……さて」と僕は立ち上がる。

《どうするのですか？》

「コンビニに戻ってカップ麺を食べたいと思いまーす」

薄ぼんやりした記憶のなかで、あのスライムに『美味いものを食べさせるから言うことを聞け』と説得した気がする。

女王蜘蛛を討伐したことだし成功報酬を貰えるはずだ。

発注業務ができるようになれば後は、カップ麺を見つけて、お湯を注ぐだけ。

「楽しみだなあ」

《コンビニはまだ残っているでしょうか？》

「……おい」

怖いこと言うなよ。

なかったら路頭に迷うじゃんか。

確かにあちこち池袋駅周辺が色々ひどいことになってるけどきっと残ってるよ。

「とりあえず確かめに行くか」

《はーい٩(>◡<)۶》

僕はよっこいしょとバックパックを背負った。

それからお腹が空いたなあと思いながら、相棒とコンビニを目指して歩き出した。

大場鳩太郎（おおば・はとたろう）

元文芸アシスタント。本作は「小説家になろう」にて連載したもの。書籍化作品は他に『迷宮都市のアンティークショップ』『異世界銭湯』。好きなゲームジャンルはローグライク。

レジェンドノベルス
LEGEND NOVELS

カロリーが足《た》りません
終末《しゅうまつ》食《た》べあるきガイドブック
魔物《まもの》グルメ編《へん》in 池袋《いけぶくろ》

2020年8月5日　第1刷発行

［著者］ 大場鳩太郎《おおばはとたろう》
［装画］ 西島大介《にしじまだいすけ》
［装幀］ 野条友史（BALCOLONY.）
荒川正光（BALCOLONY.）

［発行者］ 渡瀬昌彦
［発行所］ 株式会社講談社
〒112-8001 東京都文京区音羽2-12-21
電話 ［出版］03-5395-3433
［販売］03-5395-5817
［業務］03-5395-3615

［本文データ制作］ 講談社デジタル製作
［印刷所］ 凸版印刷株式会社
［製本所］ 株式会社若林製本工場

N.D.C.913 266p 20cm ISBN 978-4-06-520650-8
©Hatotarou Ohba 2020, Printed in Japan

定価はカバーに表示してあります。
落丁本・乱丁本は購入書店名を明記のうえ、小社業務宛にお送り下さい。
送料小社負担にてお取り替えいたします。なお、この本についてのお問い合わせは
レジェンドノベルス編集部宛にお願いいたします。
本書のコピー、スキャン、デジタル化等の無断複製は著作権法上での例外を除き禁じられています。
本書を代行業者等の第三者に依頼してスキャンやデジタル化することは、
たとえ個人や家庭内の利用でも著作権法違反です。

レジェンドノベルス
LEGEND NOVELS

“早逝した少年少女”たちの、生き返りをかけた異能バトル――!?

リバーサイド・リバイバー
賽の河原の生還戦争

著:天野緋真　イラスト:萩谷薫

定価:本体1200円(税別)

大　好　評　発　売　中　!

高校生の明良《あきら》亮《りょう》はその日、不慮の出来事で短すぎる生涯を閉じた……はずだった。しかし目を覚ますとそこは、現世とあの世の境目にある「賽の河原」。天使のイメ曰く、寿命を残して死んだ者は特別措置として「リバーストーナメント」と呼ばれる闘技会で優勝すれば現世に戻ることができるという。トレーニングに励み、炎を操る特殊能力を身につけた亮は、初めての試合に挑むのだが――!?

全部、傑作!　ハズレなし　ネクストファンタジー専門レーベル

レジェンドノベルス
LEGEND NOVELS

毎月
5日ごろ
発売!

http://legendnovels.jp/

講談社

ハードモードな終末世界のバトルアクション×ボーイミーツガール!

東京非常事態
MMORPG化した世界で、なんで俺だけカードゲームですか?

著:相川みかげ　イラスト:深遊

定価:本体1200円（税別）

大 好 評 発 売 中 !

俺こと逆蒔京也が、トレーディングカードゲーム《クロノ・ホルダー》で国内優勝者となったその日、人類の文明は突如終了した。魔物が大量発生し、襲われたらリアルに死ぬ──世界は謎の新作MMORPGに塗り替えられてしまったらしい。変わり果てた世界で生き抜くことを決意するものの、どういうわけか俺だけが、敵を倒すのもレベルを上げるのもカードゲームのルールが適用されていて!?

全部、傑作!　ハズレなし　ネクストファンタジー専門レーベル

レジェンドノベルス
LEGEND NOVELS

毎月5日ごろ発売!

http://legendnovels.jp/

講談社

レジェンドノベルス
LEGEND
NOVELS